博雅"百家讲坛"系列

千古家书

万曼璐 著

重庆大学出版社

图书在版编目(CIP)数据

千古家书 / 万曼璐著 . -- 重庆 : 重庆大学出版社,
2024. 8. -- (博雅百家讲坛系列). -- ISBN 978-7
-5689-4626-1

Ⅰ . I262

中国国家版本馆 CIP 数据核字第 202438PP04 号

千古家书

万曼璐 著

策划编辑:张慧梓

责任编辑:张慧梓　　版式设计:张慧梓
责任校对:刘志刚　　责任印制:张　策

*

重庆大学出版社出版发行

出版人:陈晓阳

社址:重庆市沙坪坝区大学城西路 21 号

邮编:401331

电话:(023)88617190　88617185(中小学)

传真:(023)88617186　88617166

网址:http://www.cqup.com.cn

邮箱:fxk@cqup.com.cn(营销中心)

全国新华书店经销

重庆升光电力印务有限公司印刷

*

开本:890mm×1240mm　1/32　印张:8.375　字数:147 千

2024 年 8 月第 1 版　　2024 年 8 月第 1 次印刷

ISBN 978-7-5689-4626-1　定价:49.00 元

序

　　我和总编导李锋陪曼璐走进演播室，能听到四处蛇信子一样"嗞嗞"的电流声，绿幕环绕的虚拟演播室，像个巨大空旷的水箱。曼璐老师步入讲台后站定，从二楼导播间向下望去，她显得那么娇小、孤独。几台摄像机的镜头沉默地探向前方。

　　这是《百家讲坛》的录制现场。

　　随着导播惯常的一声"三、二、一，开始！"曼璐老师开坛说话，那个娇小孤独，甚至还有些怯弱的身影瞬间变得气场强大起来，导播间里几十个不同景别的屏幕里都撑满了这个强大的气场。随着她情绪的激荡起伏，我们漂泊在她讲述的故事中。

　　她讲的这个系列，就是《千古家书》。

　　这些年来，电视节目和书籍出版方面关于家书的题材已经很多了，这些题材大都指向对家风、家训方面的总结和剖析。当然，这也是一种无可厚非的解读方法和审视视角，但我常常忍不住对此有所腹议，总认为由家书而家风而家训的思路太过简单和套路，而简单和套路的可能结果就是：容易忽略了书信作为一种最私密也最见性情的文体的特征，漠视了那些跃然纸上的心跳和呼吸，无力见到那些永远被卡在时间里的永恒情感……直到我读到万曼璐老师的《千古家书》的讲稿。

《千古家书》以深情细腻的笔触，生动描摹和复盘了一封封书信的书写场景，这场景里既有历史的纵深，也有写信人和收信人在历史和情感交织的漩涡里的前尘往事。作者强烈的共情和通感能力，使她能够准确捕捉到书信中哪怕细微的情感波纹，也令我们轻易就陷落于写信人的情感世界，感受到了千百年前那一缕拂过纸页的微风和叹息，以及寥落星辰下的浩渺心事。

作者写王献之的书信时刻，以一咏三叹的笔调，将痛失爱人的前因后果写得刀刀见血，也将那种无言的哀痛、无奈的自责、无助的困境写得字字惊心；写潘岳哀悼亡妻的心情故事，那么绵密那么真切，完全颠覆了我对潘岳这个著名的美男子的认知；写文天祥在人生的至暗时刻，面对女儿哀告时痛苦的抉择，可以说是椎心泣血，让人如临其境，将戏剧的"二难选择"运用得动人魂魄，掀人脑盖。

因为工作的需要，《千古家书》节目我看了好几遍，书稿又读了两遍。有一个特别深的感受，就是透过这些书信，透过书信中的人和故事，我读到了一种高贵。我想，这种高贵不仅仅是写信人自带的光环，更是万曼璐内心深信的一种品格。因为,只有深信,才能看到。

　　生活中的万曼璐老师,总给人以羞怯、谦和的印象;而她的文字,却呈现出了一种近乎固执的力量,这种力量,也是高贵的一种吧。

　　跟今人"一部手机行天下"有所不同,书信是古人重要的交流方式和情感载体。在今天,写信已经成为了一种很古典的行为,书信时代已经成为了我们遥远的记忆。而《千古家书》,正是对书信时代的深情回望,是对我们民族集体情感的打捞。

　　作为一种极具个人化、私密化特点的写作方式,书信不仅是情感和信息的交流分享,也是进行自我梳理、自我表达的方式。从这个意义上来说,每封寄出的信都是写给自己的,也是写给每一个人的,这么说,《千古家书》何尝不是万曼璐发给我们的一封信呢?

百家讲坛制片人

曲新志

目 录

身无彩凤双飞翼

秦嘉徐淑家书

东汉桓帝延熹年间的一个岁末，天气已经变得寒冷，一年的农事也进入尾声，家家户户开始准备除旧迎新、祭祖团聚。西北边陲的凉州汉阳郡所中，走出来一个30岁左右的青年男子，看打扮应该是一位郡吏。天气的寒冷和喜庆的氛围似乎一点儿都没有影响到他，只见他若有所思地低着头，急匆匆地向家中走去。刚才在郡所，工作表现优秀的他接到了一个新的任务，要代表汉阳郡前往京城洛阳"上计"。

什么是"上计"呢？在汉代，按照制度规定，每年末，地方郡国都要向朝廷汇报一年来的工作，比如人口、钱粮、赋税、治安等，并接受朝廷的工作审计、考核，这就叫"上计"。去汇报的时候，被选为上计吏的人，要携带着上计簿和其他资料一起去到京城。从西北的汉阳，也就是今天的甘肃甘谷县，去到洛阳，路途遥远，新年也无法和家人一起度过，因为他们还要参加天子在新年这一天的朝会。离开家人这么长时间，有许多的嘱托要告诉家人。所以，这位上计吏急匆匆地赶回家，要给妻子写信。

他的妻子没在家中吗？为什么还需要写信呢？

这位上计吏叫秦嘉，他的妻子叫徐淑，两人都是汉阳郡平襄县（今甘肃通渭县）人。他们在几年前结婚，夫妻恩爱，琴瑟和鸣，生活得很幸福。但徐淑因为身体不太好，居住在老家调养身体。

秦嘉特别希望自己在出远门之前能亲自回一趟平襄，和妻子、父母道别。但接下来几天要为去京城的事务忙碌，实在是走不开。只能委屈妻子，让她勉力来汉阳当面道别了。秦嘉一边这样想着，一边走进附近的车行，雇了一辆接妻子的车，再匆匆赶回家。进入家门，他一口气都没有歇，径直进入书房，搓了搓冻僵的手，提笔开始写信：

　　不能养志，当给郡使。随俗顺时，僶俛当去，知所苦故尔。

一上来先自我检讨，我的经济条件不够好，不能自由自在地生活，只能像现在这样勤勤恳恳地做着郡吏的工作来养家糊口，不能陪在你身边照顾你，让你一个人承受痛苦，真是对不起你了。

未有瘳损，想念悒悒，劳心无已。

你病了这么久，还是没有丝毫好转，真是让人担忧啊！你不在我身边的日子里，我无时无刻不在牵挂着你，思念着你。这牵挂和思念让我闷闷不乐，忧心忡忡。而现在，新的情况又出现了：

当涉远路，趋走风尘。非志所慕，惨惨少乐。又计往还，将弥时节。

公务在身，我不得不出远门。我真是不想去啊，因为又要很长时间见不到你了，甚至连过年都不能和你在一起，在万家团圆的日子里，我们却只能身隔两地，黯然伤悲。

念发同怨，意有迟迟。欲暂相见，有所属托。今遣车往，想必自力。

我的心和你的心一样，真希望晚点再走，可我也身不由己啊。我很想在出发之前和你见上一面，与你互诉衷肠，向你嘱托家里的事情，所以我雇了一辆车回来接你，希望你可以强撑着病体，坐着这辆车到汉阳来和我见面道别，可以吗？

短短的一封信，处处流露着对妻子的思念和关爱，表达着无奈和不舍。而一句"念发同怨"，让我们看到了两人的心心相印。那么，秦嘉为什么如此笃定，妻子和自己就一定是心意相通的呢？这要从两人的相知相爱说起。

秦嘉出生在平襄县的一个书香门第，从小饱读诗书，才情卓越，前途一片光明。但他对自己的婚姻非常谨慎，他说，婚姻是"祸福之由"（秦嘉《述婚》），历史上有不少因为婚姻、因为妻子而兴或亡的例子，比如"卫女兴齐，褒姒灭周"。卫女指的是齐桓公的妃子卫姬，她是卫国人。她嫁给齐桓公之后发现齐桓公非常喜欢听她的母国卫国的音乐，卫国的音乐是很典型的靡靡之音，在当时很流行很时髦，但是它不够中正典雅，一个国君老听这样的音乐，会影响他的修身，进而影响他的治国。所以卫姬就以身示范，自己就不听家乡的音乐了，用这样的行动来劝谏齐桓公也不再听这种有损德行的音乐。后来齐桓公称霸，想要侵伐卫国的时候，卫姬敏锐地猜到了齐桓公的计划，素颜请罪，让齐桓公放弃了对卫国的攻伐，也让齐桓公对她另眼相看。于是桓公把卫姬立为夫人，把她和自己最重要的大臣管仲相提并论，说"夫人治内，管仲治外"，有他们俩帮我，就算我没什么能力，也足以立足于世了。这是"卫女兴齐"，齐桓公的霸业，有卫姬的一份功劳。而褒姒是周幽王宠爱的一个高冷美女，她特别不爱笑，为博美人一笑，周幽王想尽了办法，最后靠着烽火戏诸侯终于换来了美人的笑容，但也葬送了自己的信誉，导致了西周的灭亡。有鉴于历史上这些由婚姻、妻子带来的兴衰，秦嘉说，我对配偶、对婚姻是"战战兢兢，惧德不仇"（秦嘉《述婚》），担心对方的德和自己的德能不能互相匹配，能不能鸾凤和鸣。可以看得出来秦嘉一开始是有点儿"恐婚"的，生怕在择偶上一个不慎，带来无穷的后患；但他又是带着期待的，他希望自己的妻子是可以像兴齐的卫女，与自己德行相配，比翼双飞。就在这样的战战兢兢又充满期待中，他迎来了他的婚姻。新娘徐淑也是同县的人，知书达理、温文尔雅，尤其诗才与秦嘉不相上下。两人可谓是才貌双全，天作之合。世间最难得之事，便是在千万人之中遇见那个对的人，没有早一步，也没有晚一步。秦嘉和徐淑便是这样的幸运儿。妻子的美好、婚姻的美满，甚至超过了秦嘉的期待。他感恩上苍对他的厚爱，也格外珍惜这和美的日子。

　　有了爱情和婚姻的滋润，秦嘉在事业上也稳步前进。没过多久，他就被选拔到了凉州州治所在地的汉阳郡任郡吏，也就是到了省府所在地的市级政府里任官吏。秦嘉开心地带着徐淑赴汉阳上任。可是徐淑身体不太好，尤其是不久之前她卧病在床,因为秦嘉工作繁忙,无法照顾徐淑,只好让她回到平襄老家调养身体。夫妻二人分居两地。于是才有了我们开头看到的秦嘉写信雇车接徐淑的事情。

秦嘉雇的车载着这封信,很快到达了平襄的老家。卧病在床的徐淑收到丈夫来信,喜出望外,满脸的病容里也久违地爬上了一些振奋的光彩。她展信阅读,心里却越来越矛盾。和丈夫分开这段时间,没有一天不盼着和他团聚,现在他要远赴京城,年后才能回来,徐淑当然恨不得立刻坐上车飞奔到他面前,亲自为他送行。可徐淑身体孱弱,而她回了老家之后才发现,自己怀孕了,这个好消息还没来得及告诉丈夫。就她现在的身体而言,舟车劳顿显然是无法支撑的。怎么办呢?思来想去,徐淑只能无奈地回信一封,让秦嘉所雇的车夫再捎带回去。

在这封信里,徐淑对秦嘉来信的惭愧、慰问和希望一一作了回应。首先,针对秦嘉说我不能养高洁之志,而不得不做一个俗吏,徐淑回应说,做这样的小吏,是委屈了你的才华,不过,尽管你没有像高洁的隐士们那样淡泊名利、抱朴守真,但却是响应了孔子的号召:

虽失高素皓然之业,亦是仲尼执鞭之操也。

孔子曾经说："富而可求也,虽执鞭之士,吾亦为之。"如果富贵是可以追求到的,那么即便是执鞭之士这样下等的职事我也愿意去做。当然孔子的意思其实是想表达后面一句:"如不可求,从吾所好。"(《论语·述而》)他认为富贵是不可强求的,所以就做自己喜欢做的事就行了。但徐淑在这里是用"执鞭之士"来鼓励丈夫,你不用觉得惭愧,孔子都说了"吾亦为之",所以你拥有孔子那样的操守,圣人也会赞同你的。徐淑理解丈夫,他有澄清天下之志,作为妻子,她当然支持他去追求更大的梦想。而这一次去京城出差,就是一次好机会。徐淑说,你能离开我们这偏僻的边陲,出去见见世面,还有机会结识很多的王公大臣,得到他们的赏识,甚至去接近国家的核心,这是多好的机会,我都为你而骄傲呢。这位妻子真是善解人意,简单的几句话,既疏解了丈夫的心结,又鼓励他,让他充满了大有作为的壮志豪情。接着,徐淑用非常简短的文字,谈了自己的处境,她说:

> 心愿东还,迫疾惟宜抱叹而已。

我特别想去到你身边相聚面别,但迫于疾病,只能留下遗憾了。这位深明大义的妻子不愿意多谈自己,生怕勾起丈夫的伤心,生怕给丈夫拖了后腿。因此她短短一句话之后立刻又把话题转移到丈夫的这次远行上。她说，想来你已经把行李准备好了，马上就要出发了。你不用担心离我太远，我踮着脚就能望向你的方向，你在哪里，我的心就跟到哪里。比起我在家中安定的生活，我更担心你的长途跋涉。

> 深谷逶迤，而君是涉；高山岩岩，而君是越……长路悠悠，而君是践；冰霜惨烈，而君是履。

这一路的高山深谷、冰天雪地，路途艰险，让我如何不牵挂。真希望我像你的影子，跟着你一起跋山涉水，"恨无分羽翼，高飞分相追。长吟分永叹，泪下分沾衣。"（徐淑《答秦嘉诗》）只可惜身无彩凤双飞翼，只能垂泪流涕，暂时分离。但我和你始终心心相印。只是啊，我唯一有一点放心不下，你现在去到京城乐土，你都会做些什么呢？

> 观王都之壮丽，察天下之珍妙，得无目玩意移，往而不能出耶？

外面的世界那么精彩，你将看到壮丽的都城，品察天下的珍妙，你会大开眼界。徐淑用了一个"得无"，表示猜测的词，你会不会被那大城市的绚丽繁华所吸引，改变了心志，再也不想回来了呢？

在这封信里徐淑一直保持着一种理性，她语言从容，对丈夫充满了鼓励、充满了理解，我们几乎看不到她自己，只看到一个处处为丈夫着想的贤妻。直到她写到最后一句的时候，才小心翼翼地用一句揣测将自己的心思和盘托出：你会不会变了心，弃我而去啊？

也许我们会觉得徐淑的担心莫名其妙，简直太多疑了，她丈夫只不过是去京城出趟差，过了年就回来，他怎么有机会变心，怎么可能不回来呢？实际上，在他们那个时代，徐淑的担心还真不是毫无道理。路途遥远，车马缓慢，音信难通，这自然会使徐淑对丈夫将要去到的那未知的"乐土"充满疑虑。而另一方面，东汉末年，各地上计吏到京城汇报了工作之后，通常有三种结果。一种是顺利完成任务，不好也不坏，返回地方继续工作。一种是为了让朝廷赞赏地方工作，在上计簿中伪造虚假数据，一旦被发现，就会被关押入狱，回不来了。还有一种是在皇帝或者其他朝臣面前表现得特别好，得到了赏识，从而被留任在朝中。徐淑了解自己的丈夫，首先不可能是弄虚作假、被关押入狱的那一种，但是他能不能顺利回来，还真不一定。他那么优秀，才华横溢又风度翩翩，万一获得了赏识留任朝中了呢？后来的事实证明，徐淑确实是有先见之明的。

后话暂且不表，我们回到秦嘉这里。雇去接妻子的马车回来了，却空空如也，只捎回了妻子的一封信。捧读之下，他感慨万千。都说见字如面,可秦嘉读着妻子亲笔所写的信,却没有一点点晤面的欢喜,只有浓浓的遗憾和悲伤。就在出发前的短短几天里,他又写下了三首给妻子的诗,其中一首写道:

> 遣车迎子还,空往复空返。省书情凄怆,临食不能饭。独坐空房中,谁与相劝勉?长夜不能眠,伏枕独展转。

思念和担忧轮番袭击着他,让他"临食不能饭""长夜不能眠"。第二首中他又感慨:"念当远离别,思念叙款曲。"到第三首,分离的焦虑更加深重:"顾看空室中,仿佛想姿形。一别怀万恨,起坐为不宁。"在这三首诗中,他一遍又一遍地陈说自己那无穷无尽的忧思。

终于还是未能见面就分别了。临踏上远行路途之前,秦嘉又托人捎带了几件礼物给妻子:明镜一台,宝钗一双,好香四种,素琴一张。他说:

> 明镜可以鉴形,宝钗可以耀首,芳香可以馥身,素琴可以娱耳。

在送礼物这件事情上,秦嘉表现出了一个质朴而又深情的男子的特点。为什么这么说呢?质朴在于,他送给妻子的礼物,是那么的中规中矩,似乎古今中外男子送给心爱的女子的礼物通常都会选择这类。明镜、宝钗、芳香,就是很常规的首饰、香水、化妆品一类,可以让她打扮得更漂亮;素琴是给她解闷儿的,演奏音乐,陶冶心情。所以这些礼物都好像没什么特别的。但是再更深入地想一想,这些礼物又都很有深意。什么深意呢?镜子用于照形,能代表对彼此容貌的怀念,因而有相思之寓意,同时古代的铜镜通常为圆形,所以在传统文化中常常又寓意团圆,在分别的时刻赠送镜子,显然是在向妻子表明我和你一样,都热切思念着对方,都盼望着我们能早日团圆。宝钗是首饰,但却不是一般的首饰,是结发之用,是爱情的象征,所以赠送宝钗不仅是想让妻子打扮得漂亮,更是提醒她、向她保证,我俩结发为夫妻,那便是执手百年,你不用担心我去京城以后会不会变心,我们心心相印,恩爱两不疑。这前两件礼物其实都是在回应徐淑在信中小心翼翼地提到的那一点担心。两个人是如此的心意相通,徐淑只需要在信中轻描淡写的一句话,秦嘉就明白她的担忧;秦嘉只需要看似随意地送上两件礼物,就能解开徐淑的心结。真是身无彩凤双飞之翼,心有灵犀一点就通。至于另外两件礼物,香和琴,也同样透露出了秦嘉对妻子的深情。在汉代,香是带有一定奢侈品性质的日常用品,尤其是秦嘉所送的"好香",很有可能是昂贵的。有一个著名的典故，曹操临死时所立的遗嘱，专门提到要把自己的香分给妻妾们，难得地展现了一位英雄身上的儿女情长，因此香是非常高档典雅、情意深长的礼物。素琴看起来也很普通，但秦嘉送给妻子的是自己平时弹奏的那一张琴，琴弦上可能还留着他独有的味道和余温，因此它是独一无二的，是妻子可以睹物思人的一件礼物。这张琴陪伴在妻子身边，就好像秦嘉自己陪在她身边一样。所以，这简简单单的四件礼物，并不是随随便便的，而是寄托了秦嘉的满腔爱恋。

　　那徐淑收到这几件礼物之后又会有怎样的回应呢？她把礼物摆在面前，一件一件地反复摩挲。铜镜打磨得很光亮，镂空雕刻的装饰也很精美；宝钗和香料不同于一般的粗钗俗香，做工精致，香味典雅，看得出来是丈夫用心挑选的；而那张素琴，则让她想到了他们新婚之后那段夫唱妇随、琴瑟和鸣的美好日子。回忆越是美好，现下的孤单和思念就越是浓烈。她回信说，我看到你送给我的这些礼物，就仿佛看到了你，这让我更加地思念你，让我"思心成结"。可是，我拿这些礼物来做什么呢？《诗经》有言："自伯之东，首如飞蓬。岂无膏沐，谁适为容？"（《诗经·伯兮》）班婕妤也在《自悼赋》中感叹："君不御兮谁为荣？"自从你离开了，我就无心打扮，就算头发乱得像杂草一样，我也不想打理。我难道是缺少那些打扮自己的东西吗？当然不是，可是我打扮给谁看呢？女为悦己者容。所以，你走以后，我是不会使用这些礼物的，什么时候才用呢？

> 素琴之作，当须君归；明镜之鉴，当待君还；未奉光仪，则宝钗不设也；未侍帷帐，则芳香不发也。

我会把这些礼物珍藏起来、封存起来，等到你回来，我再将它们开封，弹琴给你听，打扮给你看。

秦嘉顺利地去到京城，汇报汉阳郡的工作。就像徐淑之前所担心的那样，他才华横溢又风度翩翩，表现得太优秀了，得到了皇帝的赏识。于是他被任命为黄门侍郎，留在了洛阳。

黄门侍郎是一个什么官呢？所谓"黄门"，在秦汉时期，皇宫的宫门大多漆成黄色，所以叫黄门。黄门侍郎，也就是能够进出宫门的、侍奉在皇帝身边的官员。皇宫分为外朝和内廷，一般的官员只能在外朝工作，内廷的职位通常由宦官担任。而黄门侍郎，是唯一由外臣担任的内官。所以尽管这个官职很小，俸禄也不高，但他是皇帝身边的人，是贴身近臣，很受天子信任，职责也很重要，上传下达，自然前途也是远大的。秦嘉被任命为黄门侍郎，看起来是仕途上非常重要的一次提拔，即将飞黄腾达了。秦嘉会不会像那些负心汉一样，攀上高枝，抛弃结发妻子徐淑呢？

其实，事情远远没有那么简单。秦嘉所处的东汉末年，桓帝时期，是一个皇帝无能、外戚宦官交替专权、士大夫联合豪族反对宦官的时期，政治黑暗混乱。黄门侍郎的处境就比较微妙了，他们既不属于外戚阵营，也不属于宦官阵营，跟外朝的士大夫也不一样。外戚宦官排挤他们，因为他们属于士大夫，是被任命的官员；外朝官员也排挤他们，因为他们可以进出宫门，在皇帝身边工作，跟宦官类似。所以这样一个小小的、主要直接服务于天子的职位，一旦天子势弱，他们就会被其他各股势力夹在中间，成为最容易被踩踏的人群，战战兢兢，动辄得咎。这个时候的秦嘉，更加深刻地体会到了他当初所感慨的"非志所慕，惨惨少乐"。哪里才只是"少乐"啊，孤独、相思、郁闷、惶恐。这样折磨的生活，当然不是秦嘉想过的。他多想回到家乡，回到妻子身旁，安安稳稳地做个郡吏，开开心心地和妻子一起弹琴熏香、读书论文。可他却身不由己。

人生苦短，离别苦长。长期分居于两地的秦嘉和徐淑，靠着并不容易但却从未断绝的书信往还，互相陪伴，互相勉励，弥补没有彩凤双飞之翼的遗憾。日子一天一天地过去，徐淑生下了可爱的女儿，身体也逐渐恢复了健康。这天，她收到秦嘉的来信，说最近要跟随桓帝南巡，等南巡归来，就回家省亲，甚至打算把徐淑接到洛阳,夫妻团聚。徐淑开心极了,长久以来,他们饱受两地相思之苦,现在终于要苦尽甘来了。从这天起,徐淑的心情每天都是美滋滋的。她开始着手准备去洛阳的行装,那些被尘封起来的礼物,终于就要有它们的用武之地了。

可徐淑万万没有想到,她等到的不是秦嘉接她团聚的马车,而是报丧的使者。由于长期的繁忙工作和精神压力,秦嘉的身体早就日渐衰弱。而跟随桓帝南巡的路途奔波和水土不服,成为压垮秦嘉的最后一根稻草。秦嘉在长江北岸的津乡亭,病逝了。对徐淑来说,这无疑是一个巨大的晴天霹雳。她满心的期盼就此化为泡影,她满怀的哀伤就此无处寄托。昨天还在期盼着与君相守,与君偕老,今日竟已是生死异路,幽明永隔!你送我的那些宝钗、熏香,我还一次都没有用过,就再也没有开封的机会了。你怎么舍得就这样抛下我一个人在这世间。

恨无兮羽翼,高飞兮相追。长吟兮永叹,泪下兮沾衣。

多想就这样随你而去了,可我不能。我们的孩子,还等着我将她抚养长大;你的灵柩,还等着我带你回家。

柔弱的徐淑不顾身体的哀毁骨立，从西北家乡出发，就像丈夫当年离开家乡远赴京城一样：

> 深谷逶迤，而君是涉；高山岩岩，而君是越……长路悠悠，而君是践；冰霜惨烈，而君是履。

她娇小的身躯此刻竟像是蕴藏着无穷的能量，跋山涉水，来到长江边的津乡亭，亲自扶棺而归，将丈夫安葬在了家乡。徐淑决定，自此褪去钗环，弥补丈夫活着的时候未能长相厮守的遗憾；从今以后，生则为他守护，死则与他同穴。

但徐淑毕竟还年轻，再加上她的文采飞扬，才貌双全，所以在她守寡后，求亲者就络绎不绝。求亲者们开出的物质条件，让她娘家的兄弟们动了心。他们劝说徐淑改嫁，在徐淑不同意的情况下，偷偷物色男家，并且收了男方的礼金，强逼徐淑嫁给对方。徐淑只是一个柔弱的女子，她如何与强壮的兄弟对抗？但她又是一个刚强的女子，心意已决，便坚贞不屈。她写下一篇慷慨激昂的誓书，向兄弟和他人表达自己永不再嫁的决心。在这篇誓书中，徐淑愤怒地指斥兄弟，你们是什么样的"仁兄德弟"啊，不仅不能帮助我坚守我的高节，还要逼迫我改嫁，简直就是昏聩愚昧、铁石心肠。她义正辞严地指出："智者不可惑以事，仁者不可胁以死"，对于自己这样的智者、仁者，不能用欺骗、胁迫的方式夺其志。虽然自己只是一个女子，但也仰慕"杀身成义，死而后已"的德行。她将自己比拟为晏婴、梁寡妇这样的正直节义之士，说：

> 晏婴不以白刃临颈改正直之辞，梁寡不以毁形之痛忘执节之义。高山景行，岂不思齐？

《为誓书与兄弟》

晏婴是春秋时期齐国大臣，以机智善辩又正直忠义著称。齐国权臣崔杼杀死了齐庄公，并削除异己，逼着满朝文武与他歃血为盟，向他表忠心。稍有迟疑的大臣，就立马被拉出去杀了。在晏婴之前，已经有七人被杀。轮到晏婴的时候，他举起杯子，痛骂道：崔杼为无道，而弑其君，我用这杯血诅咒那些为虎作伥而不站在国家这一边的人。说完，把杯子里的血喝了。崔杼气得立刻把刀架在他脖子上，用死亡来威胁他改口，收回刚才的话，但晏婴宁死不屈。最后崔杼被他所震慑，释放了他。在最靠近死亡的时候，晏婴坚持心中的正义，不改其节。徐淑以晏婴自比，虽然社会分工不同，但同样的义薄云天。梁寡妇是春秋时期梁国的寡妇，因为品行高洁而被人们称为"高行"。她美丽典雅，可是很年轻就守寡了，和徐淑非常相似。因为是那样的窈窕淑女，梁国很多贵族都争着想娶她，甚至梁国的国君都来向她提亲。为了表达自己对爱的忠贞,杜绝其他男子对她的想法,她操刀割鼻,毁形执节。徐淑最终也选择了和梁寡妇相似的行为,她自毁容貌,终身不嫁,坚守一生唯一的爱。

徐淑还为秦嘉收养了一个养子。在余下的岁月里,徐淑闭门谢客,专心抚养一子一女,只在夜深人静的时候,抚摸着丈夫留给她的那些再也不会启封的礼物,"长吟兮永叹,泪下兮沾衣。"

长久的哀恸深深伤害了徐淑的身体,她又病倒了。再度卧床的徐淑想起了曾经的种种。那时,因为卧病,错过了与丈夫的团聚,带来了一生的遗憾;而如今再次卧病,也许能以另一种方式弥补这遗憾吧。没过多久,徐淑便随秦嘉而去了。在另一个世界中,他们终于可以比翼连心,同穴共眠。

千年的风吹过,他们平凡而短暂的一生早已消逝在历史烟云中,唯有那些镌刻着爱的文字,依然永恒地诉说着他们的深情。

与妻书

秦嘉

不能养志，当给郡使。随俗顺时，僶俛当去，知所苦故尔。未有瘳损，想念悒悒，劳心无已。当涉远路，趋走风尘。非志所慕，惨惨少乐。又计往还，将弥时节。念发同怨，意有迟迟。欲暂相见，有所属托。今遣车往，想必自力。

答秦嘉书

徐淑

知屈珪璋，应奉岁使，策名王府，观国之光，虽失高素皓然之业，亦是仲尼执鞭之操也。自初承问，心愿东还，迫疾惟宜抱叹而已。日月已尽，行有伴例，想严庄已办，发迈在近。谁谓宋远，企予望之，室迩人遐，我劳如何。深谷逶迤，而君是涉；高山岩岩，而君是越，斯亦难矣。长路悠悠，而君是践；冰霜惨烈,而君是履。身非形影,何得动而辄俱;体非比目,何得同而不离? 于是咏萱草之喻,以消两家之恩;割今者之恨,以待将来之欢。今适乐土,优游京邑,观王都之壮丽,察天下之珍妙,得无目玩意移,往而不能出耶?

答秦嘉诗

徐淑

妾身兮不令,婴疾兮来归。沉滞兮家门,历时兮不差。

旷废兮侍觐,情敬兮有违。君今兮奉命,远适兮京师。

悠悠兮离别,无因兮叙怀。瞻望兮踊跃,伫立兮徘徊。

思君兮感结,梦想兮容晖。君发兮引迈,去我兮日乖。

恨无兮羽翼,高飞兮相追。长吟兮永叹,泪下兮沾衣。

重报妻书(附《赠妇诗》三首)

秦嘉

车还空反,甚失所望。兼叙远别,恨恨之情,顾有怅然。间得此镜,既明且好。形观文彩,世所希有,意甚爱之,故以相与,并宝钗一双,好香四种,素琴一张,常自弹也。明镜可以鉴形,宝钗可以耀首,芳香可以馥身,素琴可以娱耳。

赠妇诗(一)

人生譬朝露,居世多屯蹇。忧艰常早至,欢会常苦晚。

念当奉时役,去尔日遥远。遣车迎子还,空往复空返。

省书情凄怆,临食不能饭。独坐空房中,谁与相劝勉?

长夜不能眠,伏枕独展转。忧来如循环,匪席不可卷。

赠妇诗(二)

皇灵无私亲,为善荷天禄。伤我与尔身,少小罹茕独。

既得结大义,欢乐苦不足。念当远离别,思念叙款曲。

河广无舟梁,道近隔丘陆。临路怀惆怅,中驾正踟蹰。

浮云起高山,悲风激深谷。良马不回鞍,轻车不转毂。

针药可屡进,愁思难为数。贞士笃终始,恩义不可促。

赠妇诗(三)

肃肃仆夫征,锵锵扬和铃。清晨当引迈,束带待鸡鸣。

顾看空室中,仿佛想姿形。一别怀万恨,起坐为不宁。

何用叙我心?遗思致款诚。宝钗好耀首,明镜可鉴形。

芳香去垢秽,素琴有清声。诗人感木瓜,乃欲答瑶琼。

愧彼赠我厚,惭此往物轻。虽知未足报,贵用叙我情。

又报嘉书

徐淑

既惠音令,兼赐诸物,厚顾殷勤,出于非望。镜有文彩之丽,钗有殊异之观,芳香既珍,素琴益好。惠异物于鄙陋,割所珍以相赐,非丰恩之厚,孰肯若斯? 览镜执钗,情想仿佛;操琴咏诗,思心成结。敕以芳香馥身,喻以明镜鉴形,此言过矣,未获我心也。昔诗人有飞蓬之感,班婕好有谁荣之叹。素琴之作,当须君归;明镜之鉴,当待君还;未奉光仪,则宝钗不设也;未侍帷帐,则芳香不发也。今奉牦牛尾拂一枚,可以拂尘垢;越布手巾二枚,严器中物几具;金错碗一枚,可以盛书水;琉璃碗一枚,可以服药酒。

白鹤高飞不逐群

嵇康《家诫》

　　曹魏景元四年（263年）的一天，洛阳城格外萧瑟。城里几乎见不到人影，只有在东市的刑场外，有无数的人头攒动，却悄无声息。每个人都屏住呼吸，将紧张的目光投向即将行刑的那个人。他个子高高的，即便在刑场上，依然掩藏不住玉树临风的气质。他从容而凛然，似乎即将行刑的不是他自己一样。他缓缓环顾四周，看到十岁的儿子站在好友山涛身边，手里捧着他留给他的最后一封信——《家诫》。他放心地微笑了，收回目光，望向天际归鸿。他要来了自己平时弹奏的古琴，淡然抬手，最后一次奏响了《广陵散》。一曲奏罢，他再次抬头望向远方，留下了生命中的最后一句话："《广陵散》于今绝矣。"带着高傲的遗憾，从容走向生命的终结。

这位手挥五弦、目送归鸿的人叫嵇康，曹魏时期思想家、文学家、音乐家，竹林七贤的领袖人物。他为什么会被处以极刑？他临终前写给儿子的信传递了怎样的处世之道？

嵇康生于三国曹魏时期。在他很小的时候父亲就去世了，母亲和兄长以尊重天性和放养的方式将他养大，这使得嵇康能够自由地发展自己的天赋。他聪颖过人，又富有艺术家气质，在文学、书法、音乐、哲学各个方面都达到了当时的一流水准。论写诗，嵇康的四言诗，可以说是《诗经》以后难得的佳作，可与陶渊明、曹操并列；论写文，嵇康的说理散文，更可称得上千古一人，无人可及；论书法，嵇康擅长草书，跟他的性格一样，率性而行，又"气格凌云"（窦蒙《述书赋》），被评为书法史上的草书第二；论音乐，除古琴弹得特别好外，还创作了"嵇氏四弄"，后来这四首曲子被隋炀帝列为科举考试的必考内容；论哲学，嵇康又是魏晋玄学最有代表性的人物之一。真是方方面面都闪着耀眼的光芒。再加上他的外形也是高大帅气，时人形容他"岩岩若孤松之独立"，像松树一样挺拔，也像松树一样气质坚毅刚正，就连他喝醉酒的样子，也是"傀俄若玉山之将崩"（《世说新语·容止》）。简直可以将世间最美好的词汇全部汇聚到他的身上。

因为太优秀了，在哪里都是鹤立鸡群，他早早就被当时的皇家看中，选为曹家的女婿，迎娶了曹操的曾孙女长乐亭主，并官拜郎中，担任中散大夫一职。但当时尽管皇帝姓曹，实际的掌权者却是司马氏。司马家族从司马懿到司马师，再到司马昭，父子三人处心积虑将权力夺到自己手中，并开始大规模削除异己，为最终夺取皇权作准备。那些不愿意站在司马家族一边的士人，便不断地被打压、排挤，甚至消灭。嵇康的身份、个性，更重要的是他的志向，决定了他不会与阴险狡诈的司马氏合作，于是他隐居起来，拒绝出仕做官。

嵇康的好友，也是竹林七贤的另一位代表人物山涛，原本担任了选曹郎，也就是主管人事的官员，后来工作调动，山涛就推荐嵇康来接替他继任选曹郎。没想到嵇康听说这个消息之后勃然大怒，愤然写下一封《与山巨源绝交书》，要跟山涛绝交。这封信可谓千古名文。嵇康说，出来做官不符合自己的志向，自己有"七不堪、二不可"，是做不了官的。比如，自己喜欢睡懒觉，不能按时起床上班；自己身上很多虱子，经常要去抓虱子挠痒痒，如果穿上官服去拜见上司，身上痒了不敢随便挠，自己肯定受不了；他还说自己不喜欢俗人，但如果做官就必须得跟一大帮俗人共事，听他们聒噪，看他们巧言令色，自己也受不了，等等。最为重要的是，他说自己价值观与大部分人不一样，他是"非汤、武而薄周、孔"。汤，指的是商汤，他打败了夏朝的暴君夏桀，建立了商朝；武，指的是周武王，他打败了商朝的暴君商纣王，建立了周朝。这两个人都是儒家所推崇的圣王，同时也都是新王朝的开创者。当时司马家族正在处心积虑地想要改朝换代，他们自然会将曹魏的皇帝塑造成夏桀、商纣这样昏庸残暴的君王，而将自己打扮成商汤、周武这样的圣君，嵇康一句"非汤、武"，也就是不认可商汤、周武的做法，毫不留情地揭穿了司马氏的算盘。周、孔，指的是周公、孔子，这两位是儒家思想的代表人物，儒家圣贤。在当时，司马氏大力树起儒家思想的旗帜，扯作自己行为的遮羞布。嵇康菲薄周公、孔子，也是意在刺破司马家族的虚伪。

写下这封《绝交书》，嵇康也由此鲜明地站到了司马氏的对立面。司马昭在削除异己的过程中，一开始对嵇康态度还没有太强硬，希望能拉拢这位有才华有号召力的杰出人才。但嵇康峻洁刚烈的性格、嫉恶如仇的态度，让司马昭对他日益恨之入骨，最后以不孝的借口处死了嵇康。

嵇康并不怕死，尤其不怕被司马昭处死，更不怕被司马昭以莫须有的罪名处死，可以说是求仁而得仁，符合他的平生志向了。他唯一放心不下的就是自己年幼的一双儿女，特别是还不满 10 岁的儿子。自己可以慷慨赴死，那是自己的志向，可孩子怎么办呢？

　　嵇康想到了好友山涛。尽管自己用一封《绝交书》把山涛骂了个狗血淋头，但嵇康知道，山涛不会介意。山涛懂嵇康，他知道嵇康写这封绝交信不是针对自己，而是在向司马氏宣战的同时，保护山涛——与山涛划清界限，好友才能不被牵连。而嵇康一死，嵇氏一族将如何保持门第地位？也许只能依靠山涛的力量了。山涛温和谦退，宽容大度，又是司马氏的亲戚，尽管他出来做官看起来是在帮司马氏做事，但他并不同流合污，而是在自己的职位上尽心尽力地将工作做好。嵇康与山涛和而不同，他钦佩山涛的为人，也明白只有山涛能帮他保护好孩子和家族。

　　临刑前的嵇康把儿子嵇绍托付于山涛，对儿子说："巨源在，汝不孤矣!"有你山伯伯在，你就不孤。"不孤"不是不孤单的意思。什么是孤呢？无父曰孤，没有父亲就叫孤。现在嵇康要死了，儿子当然就没了父亲，当然就是孤了，但嵇康却对他说你不孤，意思差不多就是你还有父亲，山涛就等于你的父亲，甚至嵇康恐怕还认为，山涛比他自己这个亲生父亲能更好地承担起一个父亲的责任。当然，嵇康并不是把孩子丢给山涛就什么都不管了，托孤的同时，嵇康还拿出一封在狱中写下的长信，自己对儿子所有的叮嘱，都已经细细密密地编织进了

白鹤高飞不逐群　嵇康《家诫》

这封《家诫》当中。那么，桀骜不驯的嵇康，临终前最后的嘱托，会对儿子说些什么呢？

《家诫》就像嵇康留给儿子的若干个锦囊。在未来儿子成长的道路中，每到一定年龄，遇到某些事情，就打开一个锦囊，为他解开人生的难题。当前，10岁的嵇绍会需要什么样的锦囊呢？《家诫》开篇就亮出一个鲜明的观点：

> 人无志，非人也。

我们的文化史上历来讲立志的话很多，《论语》就讲，三军可夺帅也，匹夫不可夺志也。但将"志"讲得像嵇康这样绝对的还是很罕见，"人无志，非人也"，没有志，连做人的资格都没有了。这当然与嵇康本人的特点有关，嵇康的一生，包括他的死亡，都是他坚持自己的志向而做出的选择。嵇康希望通过对"志"的强调，让儿子理解父亲的行为。同时，对尚未成年的儿子来说，这个时候需要在根子上去将他扶直，而立志，正是在扶直他，给他正确的发展方向。

那立好了志，继续成长的路上，接下来又需要怎样的锦囊呢？当然是坚持志向。因此，嵇康接着写：

> 若志之所之，则口与心誓，守死无二。耻躬不逮，期于必济。

当你立下了一个明确的志向，那么就要心口合一，宁死不变。你不能今天立下一个当政治家的志向，明天又立一个当百万富翁的志向，摇摆不定，最终就会一事无成。因此，志向立下之后，就要以达不到这个志向为耻，而期望一定要去做到。但嵇康也看到，现实可能是，立志之后，追求了一段时间，觉得目标太远大了，追求起来太累了，于是不得不放弃，或者看到别人胸无大志却生活得很惬意，因此自己产生了动摇。对这种情况，嵇康告诫儿子，一定要避免。他说：

> 不堪近患，不忍小情……则二心交争。二心交争……或有中道而废，或有不成一匮而败之。

我们每个人可能都有过"二心交争"的体验，尤其是遇到"近患"和"小情"的时候。我有远大的志向，可是眼下遇到了一些似乎很难克服的困难，那个志向好像远水解不了近渴，在当下很难鼓舞我了，这个时候，我的理智和我的欲望，我的坚持和我的懈怠，两种不同的声音就会在身体里打架，我一会儿走向理智的一边，一会儿又走向欲望的一边，一会儿在朝着坚持志向的方向去努力，一会儿却又向着相反的方向妥协，这让人精神内耗，让人功亏一篑，勤而无功。因此，能立志的人很多，但能坚持志向的人却是少之又少。嵇康举了申包胥、伯夷、叔齐、柳下惠、苏武这几个人的例子，来表彰这种在艰难困苦的环境之下依然能够坚持志向的行为。

但是嵇康也认识到，如果要靠着不断地"打鸡血"来让一个人坚持自己的志向，是很难成功的，更何况自己再也无法在儿子身边不断给他鼓励。因此他说：

> 故以无心守之，安而体之，若自然也，乃是守志之盛者也。

意思就是，守志不是刻意地去坚守，而是要平静地去体悟，好像自然而然的，这才是最能坚持志向的人。嵇康崇尚自然，他自己就是性格散淡自由，不赞成自我强迫式的坚持。实际上，如果坚持志向总是需要强迫自己，那说明身心是分裂的，所谓志向，并不是真心所向，如果强行地去做，就会非常痛苦，而且难以坚持。因此，嵇康在这里告诫儿子的是，你要立志，而且所立之志一定是心口合一、真诚地愿意用一生去实践的志向。不是在外界影响之下随波逐流的人云亦云，而是在真正认清了自己之后的人生目标。对嵇绍而言，这其实是很高的要求，多少人终其一生也未曾找到这样的志向。

有了立志和守志两个锦囊，嵇绍的人生道路就不容易走偏了。不过当他成年后步入官场，一定还会遇到很多困难，干扰他秉持志向。嵇康此时又准备了若干小锦囊,细细碎碎,甚至有点唠唠叨叨地,向嵇绍讲述在秉持志向的过程中应该注意些什么,怎样才能达到最终的"志"。

> 所居长吏,但宜敬之而已矣,不当极亲密,不宜数往,往当有时。其有众人,又不当宿留。

对待你的上司,只要尊敬他就可以了,不能走得太近太亲密,不能经常去拜访他,要在适当的时机才去拜访。如果很多同事和上司一起,那么你不能停留。为什么呢?因为上司喜欢打听一些情况。如果别人看到你和上司单独在一起,就可能会怀疑你去向上司打小报告,有坏事就会认为是你在告密。这样会给自己带来很多误会。所以谨言慎行,才能避免被人怨恨和责备。

我们看了这些话会觉得疑惑,这是嵇康说的吗?似乎这些话应该出自一个老于世故的人,而嵇康的形象是完全不同的。但嵇康这样说,并不是要儿子怎样油滑,而是因为只有这样做,才能够少受外界影响,坚持自己的志向。

嵇康在又一个小锦囊中还告诫儿子对钱财不要过于看重:

> 不须行小小束脩之意气,若见穷乏,而有可以赈济

者,便见义而作。若人从我欲有所求,先自思省,若有所
损废多,于今日所济之义少,则当权其轻重而拒之。
……不忍面言,强副小情,未为有志也。

做人不能太小气,如果你看到别人穷困潦倒,而自己还能
拿得出一点钱财来救济他,那么就见义而作。但是,嵇康也提
醒儿子,别人有求于你时,你也需要先思考一下,如果对自己
的损失太大,而在道义上又没有太大的作用,这样的情况就要
在权衡利弊后拒绝对方,不能碍于面子就答应他,如果这样轻
易地去帮助别人,这算不得是有志之人。

为什么借不借钱财会和志向有关呢?在这里嵇康虽然看
起来只是在讲钱财的问题,但实际上蕴藏了各种当别人有求
于你时你要不要帮忙的情况。嵇康自己爱憎分明,对那些他
看不起的、跟自己道不同不相为谋的人,即便别人向他示好,
讨好他,他也丝毫不掩饰对对方的厌恶。比如,当时有一位大
才子,司马昭的心腹钟会,特别仰慕嵇康的才华,就希望结识
嵇康,但嵇康一直不接这茬。有一次,钟会集合了一群青年才
俊,一起来找嵇康,心里想,嵇康看在这么多人的面子上,应该
会理我吧。当时他们找到嵇康的时候,嵇康正在河边一棵大
树下打铁。浩浩荡荡的一群人来了,嵇康却好像完全看不见
一样,继续扬锤不辍,眼睛都不抬一下。钟会等了好久,讨了

个没趣，灰溜溜地打算走了。这时候嵇康发话了："何所闻而来，何所见而去？"（《世说新语·简傲》）意思是，我知道你是来我这里窥探的，你是听到什么流言蜚语跑来的？你又看到了什么去向你的主子打小报告呢？嵇康这样不留情面的犀利态度当然就得罪了钟会，后来在嵇康之死中，钟会向司马昭所进的谗言，起到了很坏的催化作用。对嵇康来说，他虽然未必希望儿子像自己一样刚肠嫉恶、遇事便发，但仍然告诫儿子，不要碍于面子，而损害了自己的志向。

嵇康尽管性格峻烈，但在日常生活中却是喜怒不形于色。竹林七贤中的王戎就说："与嵇康居二十年，未尝见其喜愠之色。"（《世说新语·德行》）因此，嵇康也将这样的处世之道传递给儿子，在家书最后的锦囊中提出了"三慎"：慎言，慎交友，慎酒。除了慎酒写得非常简略，慎言和慎交友，都用了大量的篇幅反复地对儿子进行叮嘱。

> 夫言语，君子之机，机动物应，则是非之形著矣，故不可不慎。

这是嵇康对"慎言"的说明。言语对君子来说是做人的关键，话一说出来，就好像启动了机关，万事万物就与之响应，这样你的是非对错就非常显著地表现出来了，君子一言驷马难追,所以说话一定要慎重。嵇康还说,一般人当中,好话都传得慢,坏话则传得快。所以有人来问你是非,要你发表意见,你最好是保持沉默。实在躲不过,人家非要你发表意见,你干脆就醉酒好了。嵇康的这个经验,也许是来自他的好友阮籍。

阮籍是一个特别慎言的人,连司马昭都说,阮籍至慎,每次跟他讲话的时候,他只讲玄远的哲学道理,从来不会去评价人物,好话歹话都不会从他口中讲出来。曾经司马昭想跟阮籍家结亲,媒人来找,阮籍就是靠着大醉60日,没法说出同意或者不同意的话,而远离了与司马昭的纠葛。钟会也曾想要在阮籍的话中抓他的小辫子,阮籍同样也是靠着醉酒而让钟会无获而返。正是靠着自己的慎言,阮籍在处处是陷阱的环境中保全了自己的性命。

而嵇康,他其实非常了解慎言的重要性,平时也极为慎言,但在政治斗争中,他不但不慎言,反而刻意用言语激怒钟会和司马昭,他用这种宁为玉碎不为瓦全的方式撕破黑暗。但他并不希望儿子也这样,因此他反反复复告诉儿子慎言的重要性,列举了许多情形,不厌其烦地一一指出在那样的情况下如何慎言。为了儿子不赴自己后尘,嵇康真是用心良苦。当然,慎言也不是为了什么鄙俗的目的,而是和坚持志向有关,嵇康说:"今正坚语,不知不识,方为有志耳",当小人想让你说出一些不正义的话时,你要正直而坚定,还是要说不知道、不了解,这样才能算是有志向。

对于交朋友,嵇康也要求儿子要慎重,除了旧交、邻居这些知根知底的人,其他人对你呼朋唤友的,你就别搭理他们。因为朋友不在多,而在真正知心。那些场面上的朋友,不交也罢,我这一辈子朋友就不多,只有阮籍、山涛他们,有他们就足够了。

> 不须作小小卑恭,当大谦裕;不须作小小廉耻,当全大让。若临朝让官,临义让生。

朋友之间相处的时候,你不用拘泥于非常细微、拘谨的那种谦恭和礼节,更重要的是在大处去谦让、大度,比如,在大义面前,把生的机会让给朋友,自己将生死置之度外。这种不拘小节,而要成就大的气节的观念和行为,在汉末魏晋时期,是有志之士的共识。比如我们大家都听说过的一句话叫"一屋不扫何以扫天下",这其实是后人的改编,这个故事原型是汉末一位士大夫陈蕃,他十五岁的时候,父亲邀请朋友到家里做客,这位朋友看到陈蕃的房间比较脏乱,就问他,你怎么不把房间打扫干净了来招待宾客呢?陈蕃就回答说:"大丈夫处世,当扫除天下,安事一室乎?"(《后汉书·陈蕃传》)大丈夫就是要做大事、要以扫平天下为己任的,扫除一个房间这样的小事就不要来麻烦我了。陈蕃这样说,当然不是为自己的懒惰找借口,因为他的确是立志扫平天下的。东汉后期的政治环境非常污浊,外戚宦官轮流当道,而陈蕃作为大臣不畏强权,直言敢谏,最后付出了生命的代价。我们不能去指责他不扫除一屋,因为人的精力是有限的,要把有限的时间和精力用在刀刃上,有所不为才能有所为。陈蕃的不拘小节,成就的是他的大义,而这个时代有不少卓越的士大夫都是如此,包括嵇康自己。他的性格散漫、不修边幅、满身长虱子等,都是不拘小节的表现,但嵇康也是"临朝让官,临义让生",他的大义在历史上留下了绚烂的一笔。因此嵇康也希望儿子,为人处事不用那么小心翼翼、过分拘谨,而要关注大义、大节。

令人欣慰的是,嵇绍在父亲遗书的谆谆教诲下,在山涛的悉心抚养下,的确成了一个有大气节之人。

嵇绍成年之后,和父亲一样卓越特出,整个人的精神面貌、气质风采显得与众不同。当时的人一看到他,就觉得"卓卓如野鹤之在鸡群"(《世说新语·容止》),这就是成语鹤立鸡群的来历,他父亲曾经的朋友听到这个评价就说,你这是没见过他父亲,有其父才有其子,他们父子俩都是一样的卓越,一样的白鹤高飞不逐群。

嵇绍成年的时候，已经改朝换代了，天下已经姓了司马。对嵇绍来说，他面临一个困境，这么杰出的人才，他要不要进入仕途？出来做官吧，司马家与他有杀父之仇；隐居不仕吧，浪费了一身才华。想不好这个问题，他就去咨询山涛。那山涛怎么给他出的主意呢？

山涛用他父亲嵇康最崇尚的自然思想来回答他。山涛说，我已经给你考虑了很久了。大概从嵇康托孤那一年开始，他就在思考这个问题了。现在他已经为嵇绍考虑好了："天地四时，犹有消息，而况人乎！"（《世说新语·政事》）在天地之间，自然界当中，日月星辰四季物候是交替变化的，这里的"消"和"息"是一对反义词，"消"就是往下走，降低，衰落，"息"则表示生长。你看到自然万物都是此消彼长，有衰落消亡的时候，也有生机勃勃的时候。你父亲也说过，人要向自然学习，因此人也应该是有消有长的。如果你的父亲算是你们家族的一个"消"的话，那么到你现在，就应该"息"，应该"长"了，所以你应该是出来做官的。随后，在山涛的举荐之下，嵇绍进入了仕途。

很多人因此骂山涛，说他辜负了嵇康对他的信任和托付。然而，凭嵇康对山涛的了解，他把儿子托付给山涛，就应该想到会有这样一天。而当我们读了嵇康写给儿子的这封遗书之后，也能够明白，嵇康并不想儿子和他一样，儿子应该有自己的人生。很多人觉得这封信展现了一个截然不同的嵇康，比如鲁迅先生就说："嵇康是那样高傲的人，而他教子就要他这样庸碌。"（鲁迅《魏晋风度及文章与药及酒之关系》）这封信里确实有不少看起来"庸碌"的话，比如絮絮叨叨地告诉儿子怎么和长官相处以避嫌，婆婆妈妈地叮嘱儿子不要随便发表意见惹来是非。可哪一个父亲，哪一份父爱不是这样世俗的呢？父母对孩子的爱，总是为他们做深远的打算，似乎显得庸俗，而拨开这些表面的庸碌，嵇康这封信里最核心的两点：一是立志，二是大义。

鲁迅先生还说："社会上对于儿子不象父亲，称为'不肖'，以为是坏事，殊不知世上正有不愿意他的儿子像他自己的父亲哩。"（鲁迅《魏晋风度及文章与药及酒之关系》）看起来似乎的确是这样。不仅嵇康对他儿子的教育和他自己的行事风格截然不同，他的好朋友阮籍也是如此。阮籍的儿子想要加入"竹林七贤"，阮籍也不让他参加。为什么这两位文化精英会要求儿子"不肖"呢？魏晋文化强调每一个个体的独立性，即便是父子，父亲有父亲的人生轨迹，儿子作为一个独立的个体，应该有他自己的志向和追求。更何况，父亲生于乱世，那些挣扎与反抗，都是在乱世中的不得已而为之，个中滋味，他们不希望儿子再尝。而当儿子长大，大势已定，将有新的历史任务交与他们。因此，儿子与父亲，不仅不必相同，也不应相同。

可是，在父与子的不同表象之下，也有深层的相同。就拿嵇绍来说，他真的就是个"不肖之子"，不像他的父亲吗？

嵇绍被山涛举荐出来做官之后，从秘书丞、太守、刺史，一路做到了侍中。侍中是一个非常规的官职，侍奉于皇帝左右，参与朝政，是皇帝的亲信，有时候甚至相当于宰相。有一次，嵇绍到辅政的齐王那里去汇报工作，齐王正在和几个手下聊天，看到嵇绍来了，一个官员就不怀好意地对齐王说，听说嵇侍中弹琴弹得特别好，不如在这里露一手。齐王马上让人把琴抬进来，请嵇绍演奏。嵇绍却正言推辞：我今天穿着朝廷官服来找您商量国家大事，您却让我干乐工干的事情，这符合礼义吗？如果我穿着便服到您这里来参加宴会，您让我弹琴，我一定不会推辞，但是现在，不行！义正词严，掷地有声，让齐王和他手下的人惭愧不已。当然他也因此得罪了权贵，多次被免官。嵇绍在这样直言不讳的时候，也许也会想起父亲临终前的叮嘱吧。言语不可不慎，可为着自己的志向，遇到不义的情况，就要"正坚语"，就算因言获罪，也得其所哉！

而嵇绍与父亲嵇康最像的，则是为着心中之志、心中之义,宁可牺牲自己的生命。西晋永兴元年,也就是公元304年,晋惠帝带军队北征,讨伐发起内乱的八王之一——成都王司马颖,被重新启用为侍中的嵇绍也跟随在惠帝身边。但惠帝的军队却在荡阴战败。当时司马颖命令手下,活捉晋惠帝,对惠帝身边的其他人则格杀勿论。百官侍卫纷纷溃逃,以保全个人的性命,危难之时,只有嵇绍一个人挺身而出,站在了晋惠帝身前。惠帝为嵇绍求情,说这是忠臣,不要杀他,司马颖的手下哪里肯放过嵇绍。而嵇绍,他端正衣冠,神情不变,慷慨赴死,就像他父亲临刑之前一样。

　　嵇绍的鲜血溅到了惠帝的衣服上,惠帝被接回宫中后,侍从要给他换衣服,洗掉上面沾满的血迹。晋惠帝说,这是嵇侍中的血,不能洗。后来文天祥在他的《正气歌》中,历数各朝各代忠义之士的正气壮举。他说"天地有正气",这正气体现在哪里呢?"在秦张良椎,在汉苏武节;为严将军头,为嵇侍中血。"嵇绍用他的碧血丹心,在史册上书写了自己的志向与大义。父亲说:"志之所之,则口与心誓,守死无二。"嵇绍做到了。他与父亲嵇康比肩并立,双星闪耀,气贯日月,垂范万世!

家　诚

嵇康

人无志，非人也。但君子用心，有所准行，自当量其善者，必拟议而后动。

若志之所之，则口与心誓，守死无二。耻躬不逮，期于必济。若心疲体懈，或牵于外物，或累于内欲；不堪近患，不忍小情，则议于去就。议于去就，则二心交争。二心交争，则向所以见役之情胜矣。或有中道而废，或有不成一匮而败之。以之守则不固，以之攻则怯弱，与之誓则多违，与之谋则善泄。临乐则肆情，处逸则极意。故虽繁华熠耀，无结秀之勋；终年之勤，无一旦之功。斯君子所以叹息也。若夫申胥之长吟，夷齐之全洁，展季之执信，苏武之守节，可谓固矣。故以无心守之，安而体之，若自然也，乃是守志之盛者也。

所居长吏，但宜敬之而已矣，不当极亲密，不宜数往，往当有时。其有众人，又不当宿留。所以然者，长吏喜问外事，或时发举，则怨，或者谓人所说，无以自免也。若行寡言，慎备自守，则怨责之路解矣。

其立身当清远，若有烦辱，欲人之尽命，托人之请求，当谦辞口谢，其素不豫此辈事，当相亮耳。若有怨急，心所不忍，可外违拒，密为济之。所以然者，上远宜适之几，中绝常人淫辈之求，下全束脩无玷之称；此又秉志之一隅也。

凡行事先自审其可，不差于宜，宜行此事，而人欲易之，当说宜易之理。若使彼语殊佳者，勿羞折遂非也；若其理不足，而更以情求来守，人虽复云云，当坚执所守，此又秉志之一隅也。

不须行小小束脩之意气，若见穷乏，而有可以赈济者，便见义而作。若人从我欲有所求，先自思省，若有所损废多，于今日所济之义少，则当权其轻重而拒之。虽复守辱不已，犹当绝之。然大率人之告求，皆彼无我有，故来求我，此为与之多也。自不如此，而为轻竭。不忍面言，强副小情，未为有志也。

夫言语，君子之机，机动物应，则是非之形著矣，故不可不慎。若于意不善了，而本意欲言，则当惧有不了之失，且权忍之。后视向不言此事，无他不可，则向言或有不可，然则能不言，全得其可矣。且俗人传吉迟，传凶疾，又好议人之过阙，此常人之议也。坐中所言，自非高议，但是动静消息，小小异同，但当高视，不足和答也。非义不言，详静敬道，岂非寡悔之谓？人有相与变争，未知得失所在，慎勿豫也。且默以观之，其是非行自可见。或有小是不足是，小非不足非，至竟可不言以待之。就有人问者，犹当辞以不解，近论议亦然。若会酒坐，见人争语，其形势似欲转盛，便当亟舍去之，此将斗之兆也。坐视必见曲直，党不能不有言，有言必是在一人，其不是者，方自谓为直，则谓曲我者有私于彼，便怨恶之情生矣。或便获悖辱之言。正坐视之，大见是非，而争不了，则仁而无武，于义无可，当远之也。然大都争讼者，小人耳，正复有是非，共济汗漫，虽胜，可足称哉？就不得远，取醉为佳。若意中偶有所讳，而彼必欲知者，若守大不已，或劫以鄙情，不可惮此小辈，而为所挽引，以尽其言。今正坚语，不知不识，方为有志耳。

自非知旧邻比，庶几已下，欲请呼者，当辞以他故，勿往也。外荣华则少欲，自非至急，终无求欲，上美也。不须作小小卑恭，当大谦裕；不须作小小廉耻，当全大让。若临朝让官，临义让生，若孔文举求代兄死，此忠臣烈士之节。

凡人自有公私，慎勿强知人知。彼知我知之，则有忌于我。今知而不言，则便是不知矣。若见窃语私议，便舍起，勿使忌人也。或时逼迫，强与我共说，若其言邪险，则当正色以道义正之。何者？君子不容伪薄之言故也。一旦事败，便言某甲昔知吾事，是以宜备之深也。

凡人私语，无所不有，宜预以为意，见之而走者，何哉？或偶知其私事，与同则可，不同则彼恐事泄，思害人以灭迹也。非意所钦者，而来戏调，蚩笑人之阙者，但莫应，从小共转至于不共，而勿大冰矜，趋以不言答之。势不得久，行自止也。自非所监临，相与无他宜，适有壶榼之意，束脩之好，此人道所通，不须逆也。过此以往，自非通穆。匹帛之馈，车服之赠，当深绝之。何者？常人皆薄义而重利，今以自竭者，必有为而作，鬻货徼欢，施而求报，其俗人之所甘愿，而君子之所大恶也。

又愦不须离娄强劝人酒。不饮自已，若人来劝己，辄当为持之，勿请勿逆也。见醉薰薰便止，慎不当至困醉，不能自裁也。

一往情深深几许

潘岳《悼亡诗》

　　中国人在形容美男子的时候，最常使用的一个词，叫做"貌比潘安"。这位潘安到底是什么人呢？

　　潘安本名不叫潘安，他叫潘岳，字安仁，是西晋时期著名的文学家。按常理，他应该叫潘岳，或者潘安仁，但为什么总被称为潘安呢？第一个这样称呼他的人，很有可能是杜甫。杜甫《花底》诗说："紫萼扶千蕊，黄须照万花。忽疑行暮雨，何事入朝霞。恐是潘安县，堪留卫玠车。深知好颜色，莫作委泥沙。"此诗写牡丹盛放之景，颈联"恐是潘安县"一句，用了潘岳的典故。潘岳中年时期曾任河阳县令，主政期间因地制宜，让全县百姓广种桃李，春天一到，整个县万朵桃李竞相开放，极为壮观。杜甫看到牡丹花开万朵的灿烂景象，也不由得想到了潘岳的桃李河阳，所以他说这里"恐是潘安县"。按照格律的要求，"安"字的位置必须是一个平声字，但是潘岳的岳是仄声字，不能用；"潘安仁"字数又不合适，于是杜甫创造性地使用了"潘安"这一称呼。尽管潘安不是他的名字，但是在这首诗里并不会引起歧义。首先，漫山遍野的花比较明确地指向潘岳河阳种花的典故；其次，对句的"卫玠"和潘岳一样，是魏晋时期数一数二的美男子，由对仗的相关性，也可以确定潘安就是潘岳，是潘安仁的简称。自此以后，潘安这个名字就逐渐传播出去，成为了潘岳的代称。

那潘安究竟有多美呢？肤如凝脂还是面若桃花？眼如点漆还是齿若瓠犀？这恐怕要考我们的想象力了。中国传统文化重含蓄，在形容一个人的长相时，很少具体地描写一颦一笑，这种风格有点像中国画，讲究描摹神韵和意境。潘安的长相，文献中并没有具体的描写，只用了"璧"来形容他，说他和另一位美男子夏侯湛喜欢一同出行，人们看了极为欣赏，称之为"连璧"。"璧"的形容，传达出秀美、温润、通透的神韵。

除了"璧"的比喻，对潘岳的长相更多的是侧面描写。《世说新语》记载，潘岳"少时挟弹出洛阳道"，那个时候潘岳应该是在洛阳太学读书，读的是"国立中央大学"，前途无量。课余的时候，他拿着弹弓，坐着车，出洛阳城去玩。因为他所经过的那条道路是城市主干道，人流量非常大，他一出现就引起了不小的轰动。有一些老妪、妇人看见了他，就手牵手里三层外三层地把他围起来，不让他走，欣赏他的美貌。《晋书》也有类似的记载，说粉丝们不仅把他围起来，还往他车上扔水果，"掷果盈车"，堆满了一车的水果。看起来古人追星也疯狂。

潘岳还有一个小字，也就是小名，叫"檀奴"，后来的很多文学作品中，就用"檀奴"或者"檀郎"来指称女子的意中人，比如李煜《一斛珠》词："绣床斜凭娇无那，烂嚼红茸，笑向檀郎唾。"用潘岳的小名来指称意中人，说明潘岳代表着女性心中一种完美的男性形象。

为什么人们认为潘岳是完美的男性形象呢？他除了长得帅，还有什么优点吗？他对他的爱人很好吗？他的爱情和婚姻完美吗？嫁给史上第一美男子，会是幸福的吗？

今天我们就一起来品读潘岳写给妻子的信，一窥他的爱情故事。

这封信是一首诗，名字叫《悼亡诗》，这是潘岳在妻子死后，写给妻子的一封无法寄达的信。

荏苒冬春谢，寒暑忽流易。
之子归穷泉，重壤永幽隔。

信的开头，潘岳不厌其烦地排列出冬、春、寒、暑，意味着一年时光的流逝。古代的丧服制度，对不同身份关系的人应该守丧多久有非常明确而详细的规定，丈夫为妻子的守丧时间是一年。在一周年守丧期满之后，守丧的人就要脱去丧服，称为"除服"。自此后，他在守丧期间需要遵守的各种规定就不再生效，他可以逐渐恢复正常的生活。

如果说在守丧的一年里，潘岳还能通过丧服、丧礼来和逝去的妻子保持最后的一点关系，还有一些制度来帮助他表达自己的哀恸，那么现在脱去丧服，结束守丧，他和妻子就连形式上仅存的一点点关系也永远没有了。"之子归穷泉，重壤永幽隔。"一层一层的黄土，把你和我永远地隔绝了。土壤是如此之厚重，我们的距离是如此之遥远。"之子"就是"这个人"的意思。《诗经·桃夭》："桃之夭夭，灼灼其华。之子于归，宜其室家。"就是用"之子"来指代这个快要出嫁的女孩子。潘岳同样使用"之子"来指称妻子，很自然地就会引起对他们新婚时光的回顾和联想。

潘岳和妻子的爱情，是在他十二岁时就定下的一生姻缘。潘岳小时候除了长得好看，还聪颖出众，才华横溢，有"奇童"之誉。有一天，潘岳父亲的朋友杨肇到潘家做客。杨肇出身名门，祖、父都是将军，家族显赫，自己也身居高位，还是知名大儒，当时已经被封为侯爵。他见到潘岳这个十二岁的孩子，非常喜欢，觉得这孩子又有才又有貌，将来一定很有出息，于是就向潘岳的父亲提出结亲，想把自己的长女，十岁的杨容姬许配给潘岳。魏晋是特别讲究门当户对的时代，潘家和杨家当然都是贵族，但相比起来，杨家的社会声望和地位显然是高于潘家的，所以尽管杨肇和潘岳的父亲是朋友，但杨家提出把女儿嫁到潘家，其实是有点委屈了。当时的贵族特别讲究门第，如果联姻的两家地位稍有差异，那么一般是门第低一些的家族把女儿嫁到门第高一些的家族，而不是相反。可杨肇却反其道而行之，让女儿"下嫁"，可以看出杨肇是对潘岳的未来寄予了厚望。当然事实证明，潘岳至少在对妻子的深情方面，是没有让老丈人失望的。

　　十几岁的潘岳在完成学业之后，迎娶了容姬。"之子于归，宜其室家。"容姬的到来，让潘岳体会到了从未有过的幸福，甜蜜的爱情滋润着他们的生活。但新婚之后潘岳还要去外地上任，又将和容姬分离。而这个时候的潘岳应该是人生颜值的巅峰，走到哪里都有很多人欣赏他的美貌，甚至被粉丝围起来，掷果盈车，那么，容姬恐怕也不是特别放心。为了打消容姬的疑虑，潘岳向她保证，我会时时挂念着你，一定会给你写信。现在保存下来的两首《内顾诗》，就是潘岳在外做官写给杨容姬的两封情书。其中第二首是这样写的：

> 独悲安所慕，人生若朝露。
>
> 绵邈寄绝域，眷恋想平素。
>
> 尔情既来追，我心亦还顾。
>
> 形体隔不达，精爽交中路。
>
> 不见山下松，隆冬不易故。
>
> 不见陵涧柏，岁寒守一度。
>
> 无谓希见疏，在远分弥固。

人生苦短，我却不能和你相守在一起，只能孤单地一个人在远方思念你。"尔情既来追，我心亦还顾"，你的爱来追随我，我则回过头来迎接你，一个追，一个顾，双向奔赴的爱情，是爱情最好的模样。尽管我们的形体隔着千山万水，但我们的精神，我们的爱，却能跨越这万水千山，紧紧依偎在一起。潘岳为了消除妻子的担忧，将自己对爱情的坚贞反复述说："不见山下松，隆冬不易故。不见陵涧柏，岁寒守一度。"我对爱情的坚贞不渝，就像山下松、陵涧柏，能够经受住最为严酷的考验。因此，我也希望你和我一样，不要因为见面少而疏远淡薄，越是相隔遥远，我们越是要坚定地守护好这份来之不易的爱情。

史上最帅的男子，对妻子如此一往情深，对爱情如此坚贞不渝，令人感动。潘岳就这样跟妻子一起生活了二十多年，其间宦海沉浮，或聚或离，两个人生死相依，风雨并携，直到容姬去世。

容姬去世，对潘岳来说无疑是天大的打击。他不愿意面对这样的现实。他还想守在家里，守在他们曾一起生活的地方。可他毕竟是个朝廷官员，守丧期满，他就必须重新开始工作。《悼亡诗》接下来的四句，就是对这个情况的反映。

私怀谁克从，淹留亦何益。

俛恭朝命，回心反初役。

其实不想走，但这样的私心不可能被批准。所以我只能压抑我悼念你的心，回到官场，继续为朝廷卖命。

潘岳生活的时代是一个政治上比较凶险的时代，政局混乱，明争暗斗，士人朝不保夕。潘岳在二十多岁刚进入官场不久，就领教了这种斗争的厉害。那时候潘岳从地方回到了京城，正好春耕时节到了。古代的皇帝每到春耕之前，都要举行一个"藉田礼"，由皇帝带着文武百官，亲自去到农田里耕种，以示对农业的重视，也起到表率作用。当然，皇帝和百官只是做做样子，实际的耕种还是只能靠农民。在这一次晋武帝作秀的现场，官员们需要写文章来赞美武帝。潘岳文章素来写得非常漂亮，备受时人推崇。这一次，他当然也是铆足了劲，写出一篇得意之作。本以为文章得到晋武帝赞许，也许就有机会飞黄腾达了，可潘岳没有想到的是，因为他的文章写得太好，把其他人比了下去，竟招致了众人的嫉恨！从此他不断受到排挤，大约十年都得不到升迁。

而在这十年之间，岳父杨肇又因为打了败仗，被削籍为民，不久后郁郁而逝。由于杨肇的去职和去世，杨家遭受了极大的打击，潘岳和容姬的生活又增添了一抹愁云。长期的忧郁，让以美貌著称的潘岳在32岁时就已两鬓斑白。他在《秋兴赋》中感叹："余春秋三十有二，始见二毛。""二毛"即指白发。这也形成了指称年华老去的典故——"潘鬓""潘毛"。在漫长的不得志的岁月里，容姬陪伴在潘岳身边，安抚他的官场失落，鼓励他的文学创作，与他同甘共苦，相濡以沫。那些最低谷的日子，如果没有容姬，潘岳无法想象自己会如何度过。

熬过这段低谷，三十多岁的潘岳有机会出任了河阳县令，也就是我们开头在杜甫诗里看到的种满桃花李花的潘安县。他在这里颇有一番政绩，"浇花息讼"也被传为美谈。接着他又任怀县县令，也是政绩斐然。由此，多年困窘的潘岳终于受到了朝廷的提拔，回到京城，任尚书度支郎。容姬和家人的生活应该也随之有了起色。

不过，这样的日子并没有持续太久。容姬由于长期的操劳,积劳成疾,年仅四十岁就去世了。

回想妻子陪伴自己走过的路,潘岳既悔又痛。悔的是一辈子没有让妻子过上好日子,她陪着他颠沛流离,为着他担惊受怕。何以报答妻子这平生未展之眉?痛的是十二岁便开始的一往情深,就此生死永隔。

离开家之前,再将家里的每一个角落,留下妻子生活痕迹的每一个角落,细细地摩挲,深深地记忆吧。

望庐思其人,入室想所历。

惟屏无仿佛,翰墨有馀迹。

流芳未及歇,遗挂犹在壁。

走进这个家,自然就想起妻子,好像看到她正在洒扫庭院。进入房间,每一个角落都曾是妻子亲手布置,好像还留着她的温度。然而,罗帐屏风之间,再也没有她进进出出的身影;看到墙上书架上她留下的字迹,恍惚之间,又觉得她好像还活着。

这种恍惚没能持续多久,潘岳回过神来,又不得不面对残酷的现实,不得不悲痛地接受:深爱的容姬,我再也见不到了。

如彼翰林鸟,双栖一朝只。

如彼游川鱼,比目中路析。

如果说我们曾是双宿双飞的比翼鸟、比目鱼，那么恩爱幸福，可现在，你的离去，只留下了我一个人孤零零在这世上，"望庐思其人"。忘不掉啊！

寝息何时忘，沉忧日盈积。

无论是睡是醒，我哪怕有一刻想要忘掉你，都做不到。我的忧伤堆积在心里，无法排解。有没有什么办法可以让我不那么思念你呢？也许有吧。他在这封信的最后说：

庶几有时衰，庄缶犹可击。

可能有一个办法可以让我的哀思衰减，那就是像庄子一样达观。"庄缶犹可击"是一个典故，出自《庄子·至乐》，说庄子的妻子死了，朋友惠施去吊丧，看见庄子不但没哭，甚至"箕踞鼓盆而歌"，以非常粗鲁的姿势岔开两腿坐着，敲着盆子唱歌。唱歌是一种和悲伤哭泣截然相反的情绪行为，《论语》记载孔子如果哪天哭了，这一天他就不会再唱歌了。所以庄子的妻子死了，他不但不哭，居然还唱歌，就显得他丝毫也不悲伤。惠施愤愤不平，责备庄子太过分了，妻子尸骨未寒，就这么快把她忘记了。庄子回答说，其实妻子刚死的时候，他也挺悲伤的，但后来就想通了。人在出生之前，本来就是没有形体、没有气息、没有生命的，然后夹杂在恍惚混沌的环境之中，"变而有气,气变而有形,形变而有生"(《庄子·至乐》)人本来无一物,是很偶然的变化让她有了气息、形体和生命,现在她又回到了没有生命的状态。这是一个自然的循环,就像春夏秋冬四季轮回一样,很自然的事情。冬天来了,你没有哭,树叶飘落了,你没有哭,为什么与之相类似的人死了你偏要哭呢?现在妻子已经静静地回到了她原初的地方,在天地之间安息了,我在这里哇哇哭,就显得特别不通达、看不穿。这样想着,庄子也就不哭了,反而觉得应该庆祝妻子完成这一轮回,回到了她在自然界中本来的家。这是庄子对生死的达观。

但是我们细细品味潘岳的这句话,"庶几有时衰,庄缶犹可击","庶几"是可能、大概的意思,就是自己都没把握。可能偶尔我的哀思也会减弱一些吧,这种时候,我也可以像庄子那样去击缶而歌。但实际上呢,我做不到像庄子这样。潘岳写完这一首《悼亡诗》之后还写了第二首,在第二首中他就把这个意思讲得更明白,他说:"上惭东门吴,下愧蒙庄子。"(《悼亡诗》其二)我很惭愧,我做不到像东门吴和庄子那样。东门吴是战国时期的一个人,他的儿子死了,但他却一点都不伤心。别人问他,为什么你儿子死了你却不伤心?他说,我以前没有儿子,那时候我也不伤心啊,所以现在儿子死了,我就当成没有儿子的时候一样,这样一想,我就不再伤心了。这也是非常通达的态度。潘岳说，东门吴和庄子这样的境界，我十分惭愧，做不到。毕竟，在我们常人看来，东门吴和庄子的通达行为，会显得很无情。而潘岳是深情的人，他不可能达观到把妻子的死看得那么云淡风轻。他是真真切切的哀恸，是"寝息何时忘"的悲伤。

潘岳生活的时代，夫妻情深并不罕见。三国魏的玄学家荀粲，就以爱妻情深著称。有一年冬天，他的妻子高烧不退，请了许多大夫都没能退烧。荀粲心急如焚，突然，他脱去身上厚厚的衣服，一头冲出室外，在冰天雪地中把自己冻透，再立刻返回卧室，用自己这块巨大的人形冰块给妻子降温。荀粲的行为显得很不理智，甚至有点疯狂，但就像潘岳一样，情胜于理，这是深情之人共有的特点。而当荀粲的妻子最终病故之后，他也因为伤心过度，很快也跟着英年早逝了，死时只有二十多岁。所谓情深不寿，大概是适用于他的。

像潘岳这样，在妻子去世之后给妻子写悼亡诗的人，在魏晋时期大量存在。在我们一般的印象中，男子爱妻子、赞美妻子、给妻子写充满感情的文学作品，在古代社会是很难见到的，但在魏晋时期却不乏这类表达。那为什么这段时期会如此与众不同呢？

首先是因为这段时期女性地位相对不那么低下。在礼教的等级制度中，女性地位低，受到的束缚也非常多。东汉班昭写《女诫》，就教育女性要卑弱，要逆来顺受，要忍气吞声。而魏晋以来，礼教被打破，尽管还有惯性的力量，但女性身上的枷锁被打开，女性的价值和尊严受到一定程度的肯定。比如当时的名士，竹林七贤之一的王戎，总被妻子称呼为"卿"。"卿"是一个很亲昵的称呼，通常用于长辈对晚辈，或者上级对下级，比如皇帝称臣子为"爱卿"，丈夫称妻子为"卿卿"。可是，不能用于下对上的称呼。在古代等级制度中，妻子的等级是低于丈夫的，所以丈夫可以称妻子为"卿"，但妻子却不能称丈夫为"卿"。王戎也曾经对妻子说，你不能这样叫我，因为这样从礼教来看属于"不敬"。但王戎的妻子很俏皮，说了一段绕口令来回复他："亲卿爱卿，是以卿卿，我不卿卿，谁当卿卿。"（《世说新语·惑溺》）我喜欢你才叫你"卿"，我不叫你"卿"，谁还来叫你"卿"呢？王戎只好听之任之了。王戎和妻子的"卿卿我我"，折射出魏晋时期女性地位的提升，她们的确在一定程度上获得了松绑。

其次更重要的是，魏晋思想的解放，使得人们对"情"有了不同于其他时代的思考，进而产生出一个具有时代特色的争论——圣人有情还是无情。圣人代表着理想的人格，因此这个争论其实是在讨论人的感情是否应该得到肯定。在魏晋之

一往情深深几许　潘岳《悼亡诗》

外的时代,无论儒家还是道家,总体是不认可情的,把情视为"天理""道"的对立面。然而,特立独行的魏晋尽管融通儒道,却在情的问题上不同于儒家也不同于道家,提出了自己的看法。王戎曾说:"圣人忘情,最下不及情。情之所钟,正在吾辈。"(《世说新语·伤逝》)最高明的圣人能够忘记俗情,不为情所累;最麻木愚昧的人,可能根本就体会不到什么是情;而我们这样的士人、中人,正是情之所钟,最有情、最重情的人。魏晋打破礼教,回归自然,而情作为人的自然之性,得到足够的认可和尊重,自是题中应有之义。哲学家冯友兰先生曾总结魏晋风度的几大特色,其中不可或缺的一点就是"深情"。在重情的氛围之下,许多像潘岳这样的诗人开始将真情灌注到文学的创作之中,由此开启了中国文学"诗缘情"(陆机《文赋》)的传统。

作为"缘情"的代表作,潘岳的《悼亡诗》一口气写了三首。三首诗的内容大同小异,但在情感的表达上可以起到互相补充的作用。除了《悼亡诗》,潘岳还为妻子写了《杨氏七哀诗》《悼亡赋》《哀永逝文》,真可谓是愁肠百结、一往情深,有说不完的悲伤,道不尽的思念。

在第三首《悼亡诗》中,也就是第三封悼亡信件的最后,潘岳写道:"投心遵朝命,挥涕强就车。谁谓帝宫远,路极悲有余。"意思就是，现在我只能遵从朝廷的命令，含泪出发上任了。从家到皇宫的距离是那么遥远，我离你将更加遥远，可即便是这么远的距离，也不足以和我悲伤的长度相提并论，路总有尽头，而我的悲伤和思念却永无止境。

除了悲伤，潘岳并没有提到自己对于再次出仕的心情，是期待，想要有一番作为，还是心灰意冷，身动心不动？也许当时他还没有心思去考虑这些问题，他没有预料到，接下来的仕途将会是惊涛骇浪。

这时候，晋武帝司马炎刚刚去世，皇位传到了著名的"白痴皇帝"晋惠帝的手里。当时外戚杨骏辅政，军政大权实际掌握在他手里。杨骏赏识潘岳，潘岳也就终于傍上了一座大山，一路青云直上，做到了太傅主簿。生活已然是享不尽的荣华富贵，但在情感上，潘岳依然忘不了曾与他共患难的妻子容姬。潘岳此后没有再娶，这个家，无论贫穷还是富贵，容姬是唯一的女主人。

然而潘岳的好日子还没过上一年，政坛风云变幻，晋惠帝的皇后贾南风发动政变，将杨骏杀害并夷灭三族。潘岳在朋友的帮助下侥幸躲过。后来，他又攀上了新的高枝——贾南风的侄子贾谧。当时在贾谧周围，围绕着一大群人才，都是西晋最顶尖的文学家，比如陆机、左思、石崇，当然也包括潘岳，一共 24 人，被称为"二十四友"。这 24 个人在文学上是成就非凡，但在品行节操上却为后人所不齿，为了利用贾谧家族的权势，毫无底线地趋炎附势。潘岳自己就有过"拜尘趋贵"的行为，他为了拍贾谧马屁，只要贾谧的车经过，他就五体投地拜倒在地上，甚至贾谧的车都已经远得看不见了，只留下飞扬的尘土，潘岳还一直趴在地上不起来。对于潘岳这样的行为，他的母亲曾经多次劝阻，但他没有改观。而在波谲云诡的西晋政坛，潘岳靠着贾谧的力量升任至了黄门侍郎，但也很快在推翻贾家势力的八王之乱中丢了性命，甚至被灭三族。杨容姬没有经历这些，也是她的幸运了。

在生命最后时刻，潘岳从家中被带走，他最后一次回头，望着那所曾为他遮风挡雨的家。"望庐思其人"，尽管容姬已逝去了十几年，但这家中依然是"流芳未及歇，遗挂犹在壁"。那些曾经写给容姬的书信都已泛黄，容姬的音容笑貌却留在家中的每一个角落。如果容姬还在，也许会劝阻潘岳的一些行为吧。但现在，都不重要了。容颜易老，生命易逝，在那个瞬息万变的时代，唯有他们一往而深的爱情，与见证这爱情的《悼亡诗》一起，成为永恒。

悼亡诗

潘岳

其一

荏苒冬春谢，寒暑忽流易。

之子归穷泉，重壤永幽隔。

私怀谁克从，淹留亦何益。

僶俛恭朝命，回心反初役。

望庐思其人，入室想所历。

帷屏无仿佛，翰墨有馀迹。

流芳未及歇，遗挂犹在壁。

怅恍如或存，周遑忡惊惕。

如彼翰林鸟，双栖一朝只。

如彼游川鱼，比目中路析。

春风缘隙来，晨霤承檐滴。

寝息何时忘，沉忧日盈积。

庶几有时衰，庄缶犹可击。

其二

皎皎窗中月，照我室南端。

清商应秋至，溽暑随节阑。

凛凛凉风升，始觉夏衾单。

岂曰无重纩，谁与同岁寒。

岁寒无与同，朗月何胧胧。

展转盼枕席，长簟竟床空。

床空委清尘，室虚来悲风。

独无李氏灵，仿佛睹尔容。

抚衿长叹息，不觉涕沾胸。

沾胸安能已，悲怀从中起。

寝兴目存形，遗音犹在耳。

上惭东门吴，下愧蒙庄子。

赋诗欲言志，此志难具纪。

命也可奈何，长戚自令鄙。

其三

曜灵运天机，四节代迁逝。

凄凄朝露凝，烈烈夕风厉。

奈何悼淑俪，仪容永潜翳。

念此如昨日，谁知已卒岁。

改服从朝政，哀心寄私制。

茵帱张故房，朔望临尔祭。

尔祭讵几时，朔望忽复尽。

衾裳一毁撤，千载不复引。

亹亹朞月周，戚戚弥相愍。

悲怀感物来，泣涕应情陨。

驾言陟东阜，望坟思纡轸。

徘徊墟墓间，欲去复不忍。

徘徊不忍去，徙倚步踟蹰。

落叶委埏侧，枯荄带坟隅。

孤魂独茕茕，安知灵与无。

投心遵朝命，挥涕强就车。

谁谓帝宫远，路极悲有馀。

当时只道是寻常
王献之《奉对帖》

　　这是东晋太元元年（376年）的一个深夜，33岁的王献之正独坐于家中书房。像许多个夜晚一样，当家人都已安睡，他喜欢一个人静静地待在书房，点一盏枯灯，独坐，静思。这样略显枯寂的氛围与周围的环境有些格格不入。这里是"春酒杯浓琥珀薄，冰浆碗碧玛瑙寒"（杜甫《郑驸马宅宴洞中》）的驸马府，四处洋溢着富丽堂皇、春风得意的气息。王献之与新安公主新婚不久，作为新晋驸马，王献之既享受着公主的爱慕，又拥有皇室的青睐，前途可谓不可限量。那他深夜还在书房，是公务繁忙，还在埋头批阅公文、撰写奏札吗？

　　恐怕并不是。他面前摊开的是一张短小的便笺，看起来是一张帖。帖，是魏晋时期普遍流行的书信、手札。不同于正式的公文，它是亲人、朋友之间私密的便条。王献之正准备给谁写这封信呢？只见他兔毫蘸墨，落笔纸上："虽奉对积年，可以为尽日之欢，常苦不尽触额之畅。"意思是，虽然我们结婚很多年，但欢乐的时光总是显得很短暂，简直可以被看作一天那么短。和你待在一起，就算整天的耳鬓厮磨——触额之畅，就是额头和额头碰在一起这样亲昵的动作——就算整天这么亲昵，我都嫌不够。显然，这是一封表达爱意的书信。那是王献之特别浪漫，给新婚妻子写情书吗？可王献之不是刚和新安公主结婚不久吗？为什么说"奉对积年"，结婚很多年了呢？所以应该不是写给新婚妻子的。那又是写给谁的呢？

他接着往下写。话锋一转："方欲与姊极当年之匹，以之偕老，岂谓乖别至此！"我正打算着要和你一辈子这样甜蜜地相守到老，却何曾想到会有今天这样生死离别、天各一方的日子。相爱，却因为某种原因而不得不分开，唯有思念，唯有不尽的悲伤。在这暗夜里，当白天的繁华热闹都已褪尽，我终于可以独自在这书房里，提起笔，直面我的内心。"诸怀怅塞实深，当复何由日夕见姊耶？"我的心中充满了怀恋，充满了悲伤，充满了自责，充满了遗憾，当我提起笔来，这许许多多的感情一起涌向我的笔端，千言万语却化成一句话：什么时候，我才能再见到姐姐你。也许，再也不会有那一天了吧。悲痛凝于笔端，让他越写越快，已经快到几个字连成一笔了："俯仰悲咽，实无已已，唯当绝气耳。"四周是无边无际的黑暗和寂静，就像我那无穷无尽的悲伤。就让这悲伤将我湮灭吧，或许只有等到来生，与你再续情缘。

新婚不久的驸马，照理说正是春风得意时，却独自在深夜写了这样一封情意缠绵却又无尽哀恸的信，而收信人竟然是"姊"。其实，王献之在和新安公主结婚之前，有过一段婚姻，他的前妻，正是他的表姐郗道茂。这封写给前妻郗道茂的书信就是历史上著名的《奉对帖》。那么他们之间究竟发生了什么呢？

这要从两人的初识说起。

王献之和郗道茂可谓是青梅竹马长大的。王献之的母亲郗璿，和郗道茂的父亲郗昙是亲姐弟。也就是说，郗道茂要称婆婆为姑姑，王献之要称岳父为二舅。这种表兄妹表姐弟结婚的情况在古代是很常见的，就像白居易的《朱陈村》里所写："一村唯两姓，世世为婚姻。"两个通婚的家族彼此嫁女，世代联姻，这样一来，要么婆婆是姑姑，要么公公是舅舅，所以古代对公婆的称呼也就叫"舅姑"，唐诗名句"洞房昨夜停红烛，待晓堂前拜舅姑"（朱庆馀《近试上张水部》）里的"舅姑"就是公婆。

王献之和郗道茂因为有着这层表姐弟的关系，从小就认识，玩得很好。王家和郗家都是书法世家，尤其是王家，仅仅魏晋时期，王家在中国书法史上能拥有姓名的就有十几位。我们熟知的王羲之、王献之父子，就是这个书法家族中最为卓越的两个代表。在这样的家庭环境中长大，王献之从小就对书法表现出惊人的天赋和浓厚的兴趣，但是他性格比较沉默内向，因此兄弟姐妹们聚在一起玩儿的时候，他有点儿跟不上趟，好像热闹是他们的，我是孤独的。不过有一个人懂他，就是这位表姐郗道茂。郗道茂与王献之年龄相仿，略年长一些，她也爱好书法，而且性格娴静，跟王献之很合拍。

王献之虽然沉默寡言，但沉默的人往往又是内心特别有主见的。在与郗道茂的相处中，王献之可能很早就打定了主意，这位表姐就是与我心灵契合的那一位，就是我希望的灵魂伴侣。在魏晋时期，尤其是东晋时期，王家和郗家这样的大家族非常讲究门当户对，累世通婚。门阀政治在东晋最为典型，世家大族垄断权力，甚至往往可以凌驾于皇权之上。同时，各大家族为了巩固自身势力，又会与其他大家族联姻，因此士族子弟的婚姻难免就带有政治婚姻的性质。王献之是家里的老七，最小的一个，从小就看着哥哥们以联姻的方式结婚生子，他也观察到，即便都是大族联姻，这里面也有幸福的婚姻和不幸福的婚姻。

　　运气好的代表，就是他的父亲和母亲，王羲之和郗璿。东晋建立之初，王家可谓是势力最强的家族。当时有一个说法叫"王与马，共天下"，王家和皇室司马家共同享有天下，平起平坐。王家权势之盛，可见一斑。但王家也并非没有忧患，尤其是永昌元年（322年）发生王敦之乱，王家地位动摇，亟需联合其他力量巩固自己的势力。正在这当口，郗璿的父亲郗鉴提出与王家联姻。郗鉴此时正手握重兵镇守京口，他的力量正是王家所急需的。因此王家也很给郗鉴面子，说，您到我们王家来随便挑，我们家把适龄男青年都集中到一起，您看中了谁就让谁做女婿。郗鉴于是派了个得力的门生去王家选婿，门生去到王家一看，简直是琳琅满目！王家子弟济济一堂，听说来选婿，"咸自矜持"（《世说新语·雅量》），很庄重，很优雅，都挺端着的，想把自己最好的一面展现出来，只有一个人，好像不知道选婿这回事儿似的，在东厢房的床上"袒腹卧"，敞着肚子睡觉，跟那些仪表堂堂的兄弟们完全不一样。结果这郗老爷子听了门生回报，有趣！这个敞着肚子睡觉的，"正此好"，就他了。然后差人回王家去问，上回选婿时那个敞着肚子睡觉的是你们王家的哪位公子啊？一问才知道，就是王羲之。这桩婚事就这样成了。王羲之"东床袒腹""东床快婿"的故事,自此传为美谈。凭借真性情,王羲之获得了岳父大人的青睐,赢得了一桩琴瑟和鸣的美满姻缘。王夫人郗璿也爱好书法,被誉为"女中仙笔",两人志趣相投,过着神仙眷侣般的生活。这就是联姻当中的幸福的婚姻,王献之从小看在眼里,也生活在由此带来的幸福家庭之中。

当然,运气不好的也很多。王献之的二哥王凝之和二嫂谢道韫恐怕就属于这一类。谢家跟王家一样,是当时最顶尖的两个门阀家族。唐代刘禹锡写有一首家喻户晓的《乌衣巷》,就提到"旧时王谢堂前燕,飞入寻常百姓家"。王谢并称,代表了东晋的世家大族。王家和谢家也是累世联姻的。谢道韫因此嫁给了王羲之的二儿子——年龄相适又门当户对的王凝之。谢道韫什么人呢?千古难逢的大才女,不让须眉的女中豪杰,咏雪时淡淡的一句"未若柳絮因风起",直教人千载之后依然为之叹服。相形之下,王凝之就显得太过平庸了,以至于谢道韫在结婚后第一次回娘家,就向叔父谢安抱怨,说:你怎么把我嫁给了王凝之这么平庸的一个人?我从小接触的男子,我们谢家的叔伯兄弟,哪一个不是丰神俊朗、芝兰玉树,我简直想不到还会有王凝之这样的人。"不意天壤之中,乃有王郎!"(《世说新语·贤媛》)天底下怎么会有他这么平庸的人!王凝之到底有多平庸,谢道韫没有说,不过我们可以通过他们晚年的一件事来略窥一二。王凝之大概六十多岁的时候，做的是会稽内史，也就是会稽当地的最高行政长官。当时正遇到孙恩的起义军攻打会稽，作为会稽内史的王凝之却丝毫不作防备，不组织军队去抵御，为什么呢？他说，我已经祷告过了，"鬼兵"会来帮我们的。作为主官，如此缺乏谋划、见识，其结果可想而知，不仅会稽城被攻破，王凝之和他的几个儿子也都死在了起义军的刀下。在得知这一消息后，已是老妇人的谢道韫拿出贴身匕首，手刃数人，展现出才女不让须眉的豪气，连敌首孙恩都受到震慑，拜服于谢道韫的气概，从而让她得以善终。从这一件事可以推测，王凝之和谢道韫的政治联姻，并不是互相匹配的，恐怕也就不太幸福。

王献之在这样的家族长大，他当然知道自己的婚姻也必然逃不脱家族联姻的宿命。但作为一个追求幸福的人，他希望自己的婚姻可以像父母那样琴瑟和鸣，心灵相通，而不想像二哥王凝之那样，互不匹配。所以，美丽贞静，又与自己心意相通的表姐，不正是最合适的人选吗？王献之早早地就在心里打定了主意，非表姐不娶。一到适婚年龄，他就主动出击，催着父亲去向二舅提亲。

父亲王羲之应该也对郗道茂很满意，而且他尊重儿子的想法。于是，他郑重地向郗家写下一封论婚书。这也是完好地保存到今天的最早的婚书——王羲之《与郗家论婚书》。信的开头是这样写的：

　　十一月四日，右将军会稽内史琅玡王羲之，敢致书司空高平郗公足下。

　　这是寄信人和收信人。收信人是王羲之的大舅哥司空郗愔。虽然郗道茂是二舅哥郗昙的女儿，但在古代的大家族中，儿女婚姻大事要由一家之主来决定，因此要写给当家的郗愔。书信的开头历数了王家几代人的亲缘关系和官职履历。虽然两家已经是亲家，这回还准备亲上加亲，但按惯例，论婚书都要先列出家庭上三代的名号官职等，这符合古代婚姻程序，属于"六礼"中的第一步"纳彩"。男方向女方家提亲，需要先把自己的家底儿交代清楚。然后，论婚书的笔墨聚焦到王献之身上：

　　献之，字子敬，少有清誉，善隶书，咄咄逼人。

　　王羲之毫不客气地夸奖了自己儿子一番：我这献之啊，从小就有美好的声誉。王献之的声誉来自于哪里呢？来自家人的赞誉恐不具有说服力，但凭王家地位，不少朝廷重臣都曾夸过王献之，比如宰相谢安。王献之小时候，有一次和哥哥们一起去拜访谢安，大家围坐一团，相谈甚欢。王家兄弟走后，有人问谢安："都说王家兄弟出色，你觉得他们当中哪一个最好？"面对这么难以"端水"的问题，谢安毫不犹豫地说："最小的那个最好。"说的就是王献之。那人又追问，为什么最小的那个最好呢？谢安说：小的那个说话少。"吉人之辞寡"，有福气的人说话都少，所以我知道小的那个最好。魏晋流行清谈，谁要是口才好，口若悬河，那是很受推崇的。王献之口才并不怎么好，按理说在那样的时代风气下应该不被看好才对。但是谢安的见识却不一般，他看出了话多的缺陷。话多的人往往给人一种浮躁的印象，往往容易因为话多而不受欢迎，甚至惹祸上身。而沉默寡言的人，却更容易沉下心来，深入地思考，潜心地钻研，所以，敏于事而讷于言，历来备受推崇。王献之能够"善隶书"，并且青出于蓝而胜于蓝，连父亲这位"书圣"都能感受到来自儿子的"咄咄逼人"的压力，恐怕正是跟他这种沉静的性格有关。

在婚书里夸完了儿子，王羲之再接着夸郗道茂：

> 承公贤女，淑质直亮，确懿纯美，敢欲使子敬为门闾之宾。

郗道茂性格正直贤淑，坚贞纯洁，因此，我们家希望能够拥有这样的儿媳妇。"门闾"就是指家庭，希望她能嫁给王献之。

故具书祖宗职讳,可否之言,进退惟命。

所以,我首先把我们家的祖宗名讳和职位告诉你们家,这门婚事能不能成,请您来作决定,我全听您的。

郗愔收到信之后,可能事务繁忙,没有及时回复。而王献之这边,一日没有收到回复,就一日放不下心来,度日如年,很有点"寤寐思服""辗转反侧"(《诗经·周南·关雎》)的心情。所以他又催着父亲再写了一封信给大舅,再次询问郗家对这门亲事的态度。这第二封信叫《中郎女帖》,中郎就是二舅郗昙,中郎女也就是郗道茂了。王羲之在信里是这么写的:

中郎女颇有所向不?今时婚对,自不可复得。

二舅家女儿有没有定下来嫁到谁家啊?现在谈婚论嫁正是时候,过了这时机就难再得了。信虽然是父亲写的,但看得出来,其实真正着急的是儿子王献之,他是生怕意中人被别家的男子给抢走了,希望赶紧定下来。

仆往意,君颇论不?大都此亦当在君耶!

我之前跟您谈了我的想法,也就是,请考虑一下我家这小子啊!这事您跟二舅谈过没有啊?谈过了二舅是什么态度啊?他俩结合的事情还得请您定夺啊!

在王献之父子急迫的连环催问之下，这门亲事很快定下来了。

就这样，王献之如愿以偿地迎娶了表姐郗道茂。虽然结婚后不久，两位父亲，王羲之和郗昙，都相继去世了，但依靠着世家大族的家底，他们的生活也足够宽裕。王献之和郗道茂性格恬淡，每天读书写字，烹茶煮酒，闲云野鹤，岁月静好。在《奉对帖》的开头，我们已经看到对这种情景的描绘：

> 虽奉对积年，可以为尽日之欢，常苦不尽触额之畅。

人的心理就是这样，当你很痛苦很折磨的时候，一天的时间都会漫长得像几年，而幸福和快乐的时光却让人觉得过得那么快，"奉对积年"，结婚十几年，可那甜蜜的时光在我看来就像才过了一天一样，不过弹指一挥间。"常苦不尽触额之畅"，无论怎样触额，怎样亲昵，怎样如胶似漆，都不嫌腻。可见当时两人的幸福满溢。王献之和郗道茂何其幸运，于茫茫人海中，寻到了那唯一的灵魂伴侣，他/她懂她/他的爱好，知道她/他的脾性，支持她/他的追求，也分担她/他的心忧。彼此欣赏，相互爱慕，把岁月过成了诗。

这样的岁月啊，你慢些走吧，留住这些美好的时光吧。

沉浸在幸福、甜蜜之中的王献之和郗道茂，以为这无边的快乐不过是寻常日子，以为这样的生活将会陪伴他们一生。

"赌书消得泼茶香，当时只道是寻常。"（纳兰性德《浣溪沙·谁念西风独自凉》）可谁又能想到，"一生一代一双人"的梦想，会突然演变为"相思相望不相亲"（纳兰性德《画堂春·一生一代一双人》）的凄凉。这中间到底发生了什么呢？

正如王羲之所说，王献之"少有清誉"，自小就受到社会名流的赞赏，皇家也不例外。当时的皇帝，东晋孝武帝，就把王献之作为选婿的标准。他对皇家负责物色女婿的人说，有些人虽然颇有才干，但一旦得势就会干预皇家事务，这种人千万不能选作女婿；要选就选王献之这样的，既出身名门望族，风流蕴藉，又从容持重，恬淡不争，这是皇家女婿的最佳人选。

而有一个人和孝武帝一样喜欢王献之，一样把王献之作为选婿的标准，甚至直接就要嫁给他。这人是谁呢？就是孝武帝的姐姐，新安公主司马道福。

新安公主原本嫁给了权臣桓温的儿子桓济。桓温是东晋的一名大将，因为战功赫赫而权倾一时。有记载认为，桓温是很想篡权谋反的，但他始终没有下手。在他死后，他最小的儿子桓玄发动叛乱，建立了一个只延续了短短几个月的政权——桓楚。这是后话。除了桓玄，其实桓温的另外几个儿子也曾有谋反之心，其中就包括新安公主的丈夫桓济。桓温卧病在床的时候，把自己的兵权交给了弟弟桓冲，桓冲是忠于晋室的,不愿意篡权。这就引来了桓济等人的不满。桓济和兄弟、叔伯们密谋,要废掉桓冲,夺取兵权,进而为夺取政权做准备。怎么夺兵权呢?既然哥哥病重,作为弟弟的桓冲当然要来看望他,那就提前做好埋伏,在桓冲探病时趁其不备,将其抓获,逼他交出兵权。可这个密谋还是出岔子了,他们身边有人向桓冲告了密,桓冲于是没有去探望病重的哥哥。不久,桓温病逝,桓冲派手下将士先把桓济等人给拘捕了,再去奔丧。桓济就因谋夺兵权之罪而被流放。

　　丈夫流放了,妻子呢?新安公主早就看这丈夫不顺眼了,而且作为公主,丈夫谋反的矛头直接就是指向公主的娘家,简直是不共戴天。所以新安公主立刻与桓济划清界限,离婚。在魏晋的时代风气下,女性离婚并不像其他一些朝代那样是件不光彩的事。魏晋女性地位相对较高,离婚之后并不会受到道德上的谴责,还可以重新择婿结婚。这位新安公主从小集万千宠爱于一身,刁蛮任性,养成了公主那种"我想要什么就要得到什么"的恣肆,只管我乐意,不管别人怎么想。所以在重新择婿的时候,她也不会去考虑其他人的想法和处境,只选她看上的。她看上了谁呢?看上了王献之。大概因为王献之过于优秀,优秀得挡不住公主对他的滔滔爱慕之情。

　　可是王献之早就结婚了,和表姐郗道茂生活幸福美满,怎么可能再娶新安公主呢？新安公主表示，我不管，你王献之得和郗道茂离婚，然后娶我。

那王献之会和郗道茂离婚吗？

对王献之和郗道茂来说，新安公主是一厢情愿，横空插入他们的生活，在今天的我们看来，只要两个人齐心协力，共同抵抗外来的干预就可以了。但当时王献之的处境却没有这么简单。

首先，正如前文所说，在魏晋门阀政治制度之下，士族子弟的婚姻，往往是政治的牺牲品。王家、郗家这样的大家族，尽管在某一些时期，权力几乎超过了皇权，但到了王献之那个时候，随着上一代有为之士的相继去世，出现了人才断层、断档的情况，没有政治、军事上极有影响力的人才。而当时的孝武帝也正是利用世家大族人才断档，成为东晋有史以来最有权力的君主。所以，新安公主通过皇帝下诏，要求嫁给王献之，王家敢说"不"的底气是不那么足的。

另一方面，从王献之和郗道茂这段婚姻来说，他们虽然爱情甜蜜，生活幸福，但从传统的儒家观念来看，算不得美满——他们没有孩子。他们曾经有过一个女儿，但很小就夭折了，没有其他的子嗣。王献之和郗道茂两人对没有孩子这件事并不是很在意，然而这就为外部的皇权、家族要求他们离婚提供了一个强有力的理由：在封建社会，休妻有"七出"，即有七个理由可以休掉妻子，第一条就是"无子"。在古人的观念中，"不孝有三，无后为大"。这外部和内部的两个原因，使得在当时的社会观念之下，他们想要反抗离婚这个要求是很难的。

当然王献之不愿意就这样放弃抵抗。王献之沉默寡言，但有一句话叫"人狠话不多"，他没有去呼天抢地地争辩，没有去晓之以理动之以情地说服他的家族、皇帝和公主，他用了一招狠招——对自己狠。他拿一把艾草点燃，把自己的腿脚给烧伤了。他用自残的方式来对抗圣旨：看，公主，我瘸了，曾经那个玉树临风的王献之再也没有了，你还愿意嫁给一个行动不便的残疾人吗？王献之这一招给自己带来了很严重的后遗症，直到他后来的十多年人生当中，还反复地在书信、日记里记录说，足疾又复发了。

这大概是这位善良单纯的人所能做出的最坚决的反抗了。然而，铁了心的新安公主回复说，你成了残疾人，我还是要嫁！我们很难去揣测公主到底是怎么想的。有多少是出于真爱，又有多少是出于公主那种"越是得不到的我越要得到"的刁蛮任性的特权，恐怕很难分辨。

不管出于什么原因，王献之最终只能和郗道茂离婚，再娶新安公主。

　　方欲与姊极当年之匹,以之偕老,岂谓乖别至此!

　　当年处在幸福之中的王献之何曾想到,会有与郗道茂乖别至此的一天。不过,此刻他最担心的倒不是自己将如何与新安公主相处,而是离婚后的爱人将何去何从。

　　离婚对郗道茂来说无疑是晴天霹雳。她没有孩子,父母早就去世了,被王家赶出来,孤身一人的她,带着自己仅有的小包袱,只能去投奔她的伯父郗愔,寄人篱下。王献之当然能够预料到爱人会过着怎样一种飘泊而凄凉的生活,他伤心,他愧疚,却又爱莫能助。他只能保持着和爱人的通信,把关爱和追悔写进一封一封的书信里。

　　姊性缠绵,触事殊当不可。献之方当长愁耳。

　　长期的相知相爱和相处,让王献之对郗道茂的性情非常了解,她性情缠绵,遇到事情容易纠结,恐怕难以从离婚的痛苦中解脱出来。王献之深以为忧,可自己的忧愁却对爱人起不到实质性的帮助。但哪怕只有言语的宽慰,他也要尽力去做。他之所以一直保持着与郗道茂的书信往来,就是希望用言语的陪伴,来帮助爱人度过孤独的余生。

　　然而,正如王献之所担心的那样,多愁善感的郗道茂始终未能走出离婚对她的打击，她很快就病倒了。王献之得知消息后，也是茶饭不思。

　　诸怀怅塞实深，当复何由日夕见姊耶？

　　千愁万绪，恨不能立刻飞到爱人身边，照顾她，帮助她康复起来。可他不能，他只能将自己的担忧与思恋，将对爱人的叮咛一遍一遍写进书信里：

　　　　思恋，无往不至。省告，对之悲塞！未知何日复得奉见。何以喻此心！惟愿尽珍重理。迟此信反，复知动静。

　　虽然我们分开了，但我的心与你同在。也许再也见不到你，但哪怕通过书信了解你的情况，为你欢喜为你忧，也足以宽慰我的心。我也希望我的思恋、我的关爱，可以宽慰你的心。无法亲自照顾你，只能将千言万语，化作一句"珍重"。

　　这很难不让人想到后来陆游和唐琬的故事。陆唐二人也是情投意合、恩爱幸福，可陆游母亲却非常不满。她认为儿子过于沉溺爱情，耽误了他的仕途经济，因而棒打鸳鸯，拆散了他们。离婚后若干年，一次偶然的机会，二人在沈园相遇，陆游写下了那首催人泪下的《钗头凤》：

　　　　红酥手，黄縢酒，满城春色宫墙柳。东风恶，欢情薄。一怀愁绪，几年离索。错、错、错。

春如旧，人空瘦，泪痕红浥鲛绡透。桃花落，闲池阁。山盟虽在，锦书难托。莫、莫、莫。

这连进而出的"错、错、错""莫、莫、莫"，就像王献之的书信一样，承载着不忍言，也不能言的巨大哀恸。

这哀恸恒久地缠绕在王献之心里，也缠绕在郗道茂心里。没过多久，郗道茂就郁郁而终了。

《奉对帖》也许就写于郗道茂去世之后。在富丽堂皇的驸马府，这寂静的书房也许是王献之唯一可以安顿心灵的去处了。昏黄的灯下，王献之似乎又看到了郗道茂，她微微笑着，为他磨墨添香。

虽奉对积年，可以为尽日之欢，常苦不尽触额之畅。

多希望这一刻就是永恒，他伸出手，想要握住她的手，却只握住了一片虚空。他方才恍然醒悟，这封信爱人再也看不到了，他的心扎扎实实地痛起来。

方欲与姊极当年之匹，以之偕老，岂谓乖别至此！

美好的日子再也回不去了，我们的生离竟成死别。

诸怀怅塞实深，当复何由日夕见姊耶？俯仰悲咽，实无已已，唯当绝气耳。

希望寂灭了，只剩下绝望，留下我一人活着还有什么意思，就让我随你而去吧。

余下的人生也许就只做个工具人吧。做公主持重的丈夫，做朝廷可靠的臣子，做家族的中流砥柱。王献之后来一路仕途顺利，青云直上，做到了中书令。不过，这是否符合他的人生志向，又是另一回事了。

因为，此后的无数个深夜书房，王献之总在抄写《洛神赋》。流传后世的王献之小楷《洛神赋玉版十三行》，称得上是小楷中的极品。曹植在《洛神赋》中虚拟了自己和洛神的相遇、互相爱慕，但最终却因人神殊途而不得不分离。王献之一遍一遍地抄写《洛神赋》，恐怕正是在回忆他和爱人郗道茂的相遇相知，相爱相守和无奈的分离。

抗罗袂以掩涕兮，泪流襟之浪浪。

悼良会之永绝兮，哀一逝而异乡。

曹植《洛神赋》

美好的相会永不再有，哀叹长别，从此生死殊途。

唤回四十三年梦，灯暗无人说断肠。

陆游《余年二十时尝作菊枕诗颇传於人今秋偶复采

菊缝枕囊凄然有感》

人生的最后几年，王献之长久地被病痛所折磨。足疾的反反复复，心疾的负累不堪，让王献之年仅四十三岁就病逝了。弥留之际，家人请来的道士为他做法事，问他这一生还有什么遗憾，有什么未了的心愿？王献之长叹一口气：我这辈子没有别的遗憾，唯一的过错，就是与郗家离婚。直到生命最后一刻，他放不下的，仍是曾经的爱人，仍是那再也无法挽回的过错。

俯仰悲咽，实无已已，唯当绝气耳。

爱入骨髓，痛断肝肠。而现在，他终于要随她而去了，应该也是带着希冀的吧，希冀在另一个世界里，与爱人再团聚。

奉 对 帖

王献之

虽奉对积年，可以为尽日之欢，常苦不尽触额之畅。方欲与姊极当年之匹，以之偕老，岂谓乖别至此！诸怀怅塞实深，当复何由日夕见姊耶？俯仰悲咽，实无已已，唯当绝气耳。

姊性缠绵帖

王献之

姊性缠绵，触事殊当不可。献之方当长愁耳。

思 恋 帖

王献之

思恋，无往不至。省告，对之悲塞！未知何日复得奉见。何以喻此心！惟愿尽珍重理。迟此信反，复知动静。

与郗家论婚书

王羲之

十一月四日，右将军会稽内史琅玡王羲之，敢致书司空高平郗公足下。上祖舒，散骑常侍、抚军将军、会稽内史、镇军仪同三司；夫人右将军刘𡙇女，诞晏之、允之。允之，建威将军、钱塘令、会稽都尉、义兴太守、南中郎将、江州刺史、卫将军；夫人散骑常侍荀文女，诞希之、仲之。及尊叔廙，平南将军、荆州刺史、侍中、骠骑将军、武陵康侯；夫人雍州刺史济阴郗说女，诞顺之、胡之、耆之、羡之。内兄胡之，侍中、丹阳尹、西中郎将、司州刺史；妻常侍谯国夏侯女，诞茂之、承之。羲之妻，太宰高平郗鉴女，诞玄之、凝之、肃之、徽之、操之、献之。肃之，授中书郎、骠骑咨议、太子左率，不就。徽之，黄门郎。献之，字子敬，少有清誉，善隶书，咄咄逼人。仰与公宿旧通家，光阴相接。承公贤女，淑质直亮，确懿纯美，敢欲使子敬为门闾之宾。故具书祖宗职讳，可否之言，进退惟命。羲之再拜。

中郎女帖

王羲之

中郎女颇有所向不？今时婚对，自不可复得。仆往意，君颇论不？大都此亦当在君耶！

有子贤愚何挂怀
陶渊明《与子俨等疏》

　　这是一个可以门前采菊、山下种豆,可以望见夕阳下山、飞鸟归巢的小房子。房子里非常简陋,甚至可以说是家徒四壁,室外荒草长满了前庭,即便这样,却可以听见孩子的笑声,看见满屋的酒瓶。

　　也许你已经猜到了,这是陶渊明的家。那陶渊明现在正在哪儿呢?

　　他没有去采菊,没有去种豆,也没有喝酒。他正斜靠在卧室的床上,看起来很虚弱。但他努力地握着笔,正在写着什么。

　　告俨、俟、份(bīn)、佚、佟:

他写下了这样几个字。这五个单人旁的字,是陶渊明五个儿子的名字。前面以一个"告"字提起,看来,这是一封告子书。陶渊明这封信比较正式,因此写的都是儿子们的大名。他们还都有小名,陶俨小名叫舒,陶俟小名叫宣,陶份小名叫雍,陶佚小名叫端,陶佟小名叫通。陶渊明在另一首诗里就是用小名来称呼这五个儿子的,这首诗很独特,叫《责子》:

> 白发被两鬓,肌肤不复实。
>
> 虽有五男儿,总不好纸笔。
>
> 阿舒已二八,懒惰固无匹。
>
> 阿宣行志学,而不爱文术。
>
> 雍端年十三,不识六与七。
>
> 通子垂九龄,但觅梨与栗。
>
> 天运苟如此,且进杯中物。

陶渊明说,我已经老了,尽管我有五个儿子,但他们没有一个像爸爸的,"总不好纸笔",全都没有继承我的文学才华。老大阿舒已经16岁了,却懒惰无匹;老二阿宣,行将志学之年,马上就15岁了,可是也不爱读书;老三阿雍和老四阿端都是13岁左右,可是连六七都分不清,不识数;而最小的阿通9岁了,"但觅梨与栗",看起来是个贪吃的家伙。

我们今天的父母如果看到孩子是这样,不知道会焦虑到什么程度。可是陶渊明呢，说是"责子"，却并没有严厉地责备孩子们，我们读起来感受到更多的是浓浓的父爱，还带着点幽默戏谑。你看我家这些小崽子们，整天就知道玩儿、就知道吃，算了算了，那就玩儿吧吃吧，快乐就好。"天运苟如此，且进杯中物。"陶渊明看得通透，上天既然是这样安排的，那我就随他去吧，我该喝的酒可一滴都不能少。

那面对这样五个孩子，陶渊明现在是在病床上给儿子们写告子书，也许他还能听到院子里传来的孩子们嘻嘻哈哈傻乐的声音。他要告诫他们什么呢？

信的一开始，话题就有点沉重：

> 天地赋命，生必有死。自古圣贤，谁独能免？

一上来首先提到了死。此时的陶渊明生了一场重病，一般认为是痁疾，也就是后来常说的疟疾。疟疾在古代是一种死亡率非常高的病，当时陶渊明身边也有年龄不大的亲人朋友相继去世，因此他很能感受到死亡的威胁。他提起笔来写这一封给儿子们的信，恐怕就是觉得自己快要不久于人世了，因此是带有遗嘱性质的。他首先开导孩子们，死亡是很自然的事情，有生就必有死，我死了，你们不用太伤心，因为自古以来，连圣贤都免不了一死。死亡面前，人人平等。

接着他引用了《论语》中子夏的名言：

死生有命，富贵在天。

子夏是孔子的一位得意弟子，姓卜，名商，字子夏，是孔子弟子当中承袭孔子的教育工作、传授儒家经典的第一人。孔子如果说是圣人，那么子夏就可以被认为是贤人，像他们这样的圣人贤人，都会发出"死生有命，富贵在天"的感慨，那说明生死这件事确实是无法求得的，因此只能听天由命，顺应自然。

但是子夏说这句"死生有命，富贵在天"的时候，是有语境的，他当时是在回应他的同学司马牛。司马牛说："人皆有兄弟，我独亡。"人人都有兄弟，就我没有，这让我觉得很孤单很沮丧。子夏就劝导他说，我听说"'死生有命，富贵在天。'君子敬而无失，与人恭而有礼，四海之内，皆兄弟也"。（《论语·颜渊》）有没有兄弟，这算是天命，你也改变不了，就像生死富贵一样。但是我们可以尽人事，怎么尽人事呢？你只要对人对事恭敬有礼不出差错，那四海之内的人都会成为你的兄弟。所以啊，作为一个君子，我们不必担忧没有兄弟，只要我们认真做事，善待他人，彬彬有礼，就能获得好人缘，四海之内皆兄弟。这是子夏这句话的语境。陶渊明在这封信的开头，虽然只引用了"死生有命,富贵在天",希望孩子们对他的死亡不要太悲伤,但实际上他还埋了一个伏笔,就是希望孩子们在他死后能够谨记四海之内皆兄弟的道理,兄弟间和睦相处。即便孩子们都是不太聪明不太有才华的,但家和万事兴,我也就可以瞑目了。这个伏笔,陶渊明将在后文进行揭示。

这里还有一点值得注意。陶渊明这种看淡生死、顺应自然,"纵浪大化中,不喜亦不惧"的思想,一般被认为反映了道家思想对他的影响,他的隐逸超脱,也是典型的道家风格。但在这封信里,陶渊明却引用了一位儒家代表人物子夏来证明自己对生死的观点。实际上,陶渊明身上是有很深的儒家烙印的。这种儒道的融合,可以追溯到他的家庭熏陶上。家族中有两位对陶渊明影响很深的人,一位是他的曾祖父陶侃,另一位是他的外祖父孟嘉。

陶侃是东晋的一位大将军。他出身比较寒微,即便成名之后,还被人骂作"溪狗",但他靠着军功显赫,威名大振,在两晋之交获得了很高的政治军事地位,是陶氏一族在陶渊明之前最为显赫的一位代表人物。《晋书》里说陶侃是陶渊明的曾祖父,也有不少学者质疑,还存在争议,但可以肯定的是,陶侃是陶渊明的比较亲近的祖先。陶渊明在成长的过程中,关于这位祖先的事迹一定是经常听到的,他显然对这位先祖的丰功伟绩充满了景仰。陶渊明的长子陶俨出生时,他写了一首《命子》诗。在诗中,他追溯陶氏一族从远古陶唐氏——尧——开始的荣光,讲到陶侃时,他说:"桓桓长沙,伊勋伊德。天子畴我,专征南国。功遂辞归,临宠不忒。""桓桓长沙",意思是威武雄壮的长沙公,陶侃因为军功而被封为长沙郡公,故有此称。"伊勋伊德",意思是既功勋卓著,又道德高尚,德才兼备。晋成帝赐给陶侃爵位后,又让他主管南方军事,平定当时湘州、广州、交州等地的叛乱,进号为征南大将军,开府仪同三司。面对这样高规格的荣宠,陶侃却上表逊位辞谢,这便是陶渊明赞叹不已的"功遂辞归,临宠不忒"。这位曾祖父辈的勋绩显然对陶渊明产生了很大的影响,他不仅希望儿子能继承家族的光荣传统,建功立业以继续光耀门楣,而且他自己也曾经在诗里反复提到年轻时自己想要建功立业的志向:"少年罕人事,游好在六经"(《饮酒二十首之十六》)。年少时熟读儒家经典,想要入世立功。这是他儒家的一面。

不过,尽管陶氏有那么多进取于功业的先祖鼓舞着陶渊明,但和他最为亲近、对他影响最大的,恐怕是外祖父孟嘉。孟嘉是一位名士,娶了陶侃的女儿,而孟嘉的女儿又嫁回了陶家,也就是陶渊明的母亲。孟氏是武昌的名门望族,世代以德行尤其是孝行著称。二十四孝里有个"孟宗哭竹"的故事,说孟宗的母亲生前爱吃竹笋,她去世后,孟宗每到祭祀都要供奉上竹笋。但一年冬节,天气寒冷,竹笋无法生长,孟宗在竹林里找不到竹笋,便伤心地哭泣起来,结果他的眼泪滴下去,竹林里就有新笋破土而出了。人们认为孟宗的孝义感动了天地,便将他列入二十四孝之中。这位孟宗,就是孟嘉的曾祖父。孟氏门第虽高,但隐逸者居多,孟嘉也是如此。孟嘉"温雅平旷""名冠州里,声流京邑"(《晋故征西大将军长史孟府君传》),受到社会名流的推崇。尽管才华足以让他官至三公,但他清高傲世,寄情世外,加之年命不永,只留下了体任自然的名士风度。陶渊明身上有很多和外祖父孟嘉非常相似的东西,因此即便陶家有积极进取、勤于事功的传统,但外家隐逸自然的家风,通过陶渊明的母亲,可能更多地影响到了陶渊明。

所以陶渊明的一生,尽管也曾有过济世之志,也曾因为各种原因出来做过官,但最终选择了隐逸。陶渊明在给儿子们的这封信里,就花了大量的篇幅来讲这样的人生志向。

吾年过五十,少而穷苦。每以家弊,东西游走。

年过五十,是陶渊明写这封信时的年龄。陶渊明到底活了多少岁,一直以来有多种说法,一部分人认为他这次生病后五十一二岁就去世了，当然也有不同意见。但不管陶渊明活了多少岁，这次的生病是非常严重的，让陶渊明以为自己命不久矣。他这封信就好像在自己生命的终端，去回望自己的一生。小时候，是"少而穷苦"。陶渊明家虽然上有事功显赫的先祖，也有在门第上颇受尊重的外家，但到他父亲，在仕途上就没有多大的成就了。而且陶渊明父亲死得早，去世的时候陶渊明才8岁。陶渊明没有兄弟，只有一个庶出的妹妹。这样的境况使得原本处于社会中上层的陶家衰落，生活穷苦，而让陶渊明备感无力的是，他没有兄弟，没人能跟他一起来合力撑起这个家。因此他对"四海之内皆兄弟"的愿望是非常强烈的。这个家只能靠他自己，这造成了他的"每以家弊，东西游走"。这个"每"字，说明陶渊明不是一直出仕做官的，而是每当家里穷得吃不起饭、养不活一大家子人了，他就只好出来挣钱，而一旦家庭条件有所好转，他就辞官归隐。为什么要反反复复地出仕、辞官呢？他说因为自己"性刚才拙，与物多忤"。性格太刚直，又不会投机取巧，因此往往跟世俗官场格格不入，如果长期待在官场，会戕害自己的生命，所以只在迫不得已的时候才出来做官。

陶渊明二十多岁开始进入仕途，他的几次重要的出仕都不太顺利愉快。

第一次是在江州做祭酒。江州是今天的江西九江，就在陶渊明的家乡。祭酒这个官职，在东晋时期是比较有随意性的，各州是否设置祭酒这一职位、管理哪些方面的工作，都不是固定的。在江州，王羲之曾担任过刺史，他的任上就设置了祭酒一职。陶渊明任江州祭酒时，江州的刺史是王羲之的儿子王凝之。不幸的是，陶渊明和王凝之，这一对下属和上司之间，存在着一些难以调和的矛盾。陶渊明出身寒门，但年轻时候的他仍抱有济世的心态，希望有一番作为；而王凝之恰恰相反，出身高门贵族，一副豪门做派，但个人能力却非常平庸。这两人显然不是一路人，相处起来恐怕就不是那么愉快。所以，很快陶渊明就辞去了江州祭酒的职务，回到家乡继续过他的田园生活。

　　第二次做官，陶渊明遇到了一位和无能的王凝之完全不同的上司——桓玄。桓家和陶家一样，都是靠着军功起家的寒门；桓玄和陶渊明也很相似，尽管门第不高，但业务能力很强，甚至桓玄也爱好文学，擅长写诗。桓玄出任江州刺史时，主动向陶渊明伸出橄榄枝，壮年陶渊明似乎又感受到了少年济世之志的召唤，于是加入了桓玄幕中。在桓玄幕中，陶渊明虽然还是会时不时地怀念他自由散漫的田园生活，但这一次出仕持续了三年，应该是持续时间最长的一次。所以大概可以推测陶渊明在桓玄手下做事还是比较称心的。三年后由于母亲孟氏去世，陶渊明回乡丁忧。而就在陶渊明离开后的第二年，桓玄起兵叛变，建立了一个短命的政权——桓楚。陶渊明就好像是冥冥中如有天助一样，逃离了这场叛变，逃离了政治斗争的漩涡。

　　第三次出仕，是三年丁忧期满之后，陶渊明又被镇军将军刘裕所招，出任其参军。刘裕是谁呢？在桓玄叛变建立起桓楚政权之后，正是刘裕起兵讨伐，将桓楚政权一举消灭。除了桓楚，当时的各种内外乱势，也几乎都被刘裕所平定。所以刘裕也是靠着军功起家的，当时他已经总揽了东晋军政大权。对陶渊明来说，他曾经在桓玄手下做官，而且做得还不错，而桓玄是被刘裕给消灭掉的，现在陶渊明又要来刘裕手下做官，这个身份就难免有些尴尬。因此这次出仕，陶渊明从一开始就显得很矛盾，在出发上任的路上他就已经在后悔了："目倦川途异，心念山泽居。"（《始作镇军参军经曲阿作》）我已经厌倦了在外奔波的日子，一心只想回到我山泽之间的家园，想要回归田园生活。陶渊明担任刘裕的参军，应该跟着刘裕一起待在京口或是建康，但他不想去，不想离家太远。刘裕也不勉强他，就把他推荐为了建威将军刘敬宣的参军。但很快刘敬宣辞官了，陶渊明这参军也就没法做了。那不正好可以回家了吗？

但这时候陶渊明家里恐怕确实经济比较困难，是"耕植不足以自给，幼稚盈室，瓶无储粟，生生所资，未见其术"（《归去来兮辞序》）。一大家子人，上有老，下有小，而且孩子还这么多，怎么养活这么多人呢？没有兄弟可以分担，陶渊明只得靠自己出来做官挣钱。所以在刘裕或者刘敬宣的提携下，加上陶渊明的一位族叔陶夔的帮助，陶渊明终于重新获得了一个官职——彭泽县令。县令比起他之前做幕僚，收入要可观得多，而且彭泽又离陶渊明家特别近，所以是一个肥缺。陶渊明终于找到了一个好工作。但是，陶渊明八月上任，到十一月，他的妹妹在武昌去世，他便顺势辞官奔丧，从此"守拙归园田"（《归园田居》其一），再也没有奔波于仕途了。

然而辞官归隐毕竟会让本就不富裕的家庭雪上加霜，会让他的家人们难免饥寒之迫。陶渊明的信写到这里，也感到惭愧："僶俛辞世，使汝等幼而饥寒。"我的辞官，连累了你们啊，我的孩子们。但陶渊明很快就说服了自己，并希望说服孩子们：

> 余尝感孺仲贤妻之言，败絮自拥，何惭儿子。此既一事矣。但恨邻靡二仲，室无莱妇，抱兹苦心，良独内愧。

孺仲是王莽新朝时期的一个隐士,姓王名霸,字孺仲。他志向高洁,不接受官府征召,生活很贫困。而他的好朋友令狐子伯则做了高官,子伯的儿子也当了官。有一天,子伯让儿子给王霸送信。子伯儿子一出现,衣装、排场,让王霸的儿子们一下子感到非常地自卑,根本抬不起头来。王霸看到这样的场景,觉得很愧对儿子们。但他的妻子劝慰他说:"令狐子伯的富贵,和你高尚的道德比起来,根本就不值一提,你是儿子们的骄傲,有什么好惭愧的呢?"陶渊明用王霸的行为、王霸妻子的话语,来为自己的行为找到合理性。但他不满的是,我的妻子就不像王霸妻子那样理解我、支持我。他说"室无莱妇",莱妇指的是春秋时期老莱子的妻子,当老莱子隐居,楚王召他出仕时,他的妻子却劝他说做官不自由,还是隐居好,因此老莱子就和妻子一起隐居起来。陶渊明既用孺仲贤妻,又用老莱之妇,似乎都是在吐槽自己的妻子。那陶渊明的妻子是怎样的人呢?

陶渊明可以确知的有两任妻子,没有妾室。第一任妻子不知姓氏,陶渊明诗里只有五个字是关于她的:"始室丧其偏"(《怨诗楚调示庞主簿邓治中》)。《礼记》说男子"三十而有室,始理男事",因此"始室"指男子三十岁左右,陶渊明的第一任妻子在他三十来岁的时候就去世了。陪伴陶渊明走过大半段人生的是他的第二任夫人翟氏。这位翟氏夫人出身隐士之家，和陶渊明志趣相同，《南史》说她"能安苦节，夫耕于前，妻锄于后"，甘心和丈夫一起过苦日子。有这么好的一位妻子陶渊明还吐槽，似乎显得有点不知足。当然，生活中两人免不了也是会有一些矛盾的。比如陶渊明担任彭泽令时分到的公田，一共三顷，陶渊明只想种酿酒的秫，也就是高粱，这样他才能够有足够的酒喝。但是妻子却坚持要求种稻，这样才能有粮食养活一大家子人。双方商量、妥协，最后用了两顷五十亩来种高粱，只留了五十亩种稻。——可惜的是，仅仅三个月的彭泽县令，恐怕还没等到成熟，陶渊明就辞官了。由此可以看出，陶渊明的妻子尽管不是百分百顺从丈夫，但也已经非常理解和支持他了，而且默默地支撑着这个家。陶渊明用王霸之妻、老莱子之妻这样过高的标准来要求她，未免显得过于苛刻了。

那么，陶渊明在给儿子们的信里面说这样一些吐槽妻子的话，他的目的是什么呢？实际上，他表面上看起来是在批评妻子，而真正要表达的意思是，我没有这样的妻子来劝我完全放弃世俗的生活，实际上我仍然是有世俗牵绊的，就是你们，我的孩子们，我无法完全摆脱对你们的愧疚。陶渊明在最后一次辞官之后，他身上儒家的、入世的部分就已经非常非常稀薄了，当他就快要绝尘而去的时候，那唯一将他牵绊在这世间的就是他的孩子们了。不过，他也希望孩子们能继承自己的遗志，安贫乐道，从世俗之中超脱出来。因此他接下来就在信中向孩子们呈现了他的人生之中最美妙的境界。

少学琴书，偶爱闲静，开卷有得，便欣然忘食。见树木交荫，时鸟变声，亦复欢然有喜。常言五六月中，北窗下卧，遇凉风暂至，自谓是羲皇上人。

陶渊明少年生活中最重要又最美好的两件事，一是弹琴，一是读书。关于陶渊明的琴，最著名的是"无弦琴"的故事，说陶渊明不懂音乐，但是又喜欢琴，因此做了一张无弦琴，每当喝了酒之后兴致来了，就去拨弄无弦琴，来寄托人生意境。这个说法出自正史《宋书》，所以影响很大。但在陶渊明的诗歌中，他不止一次地反复讲到自己喜欢弹琴，而且是从小就弹，"少学琴书"，所以他应该不是不懂音乐，是真的会弹琴，只是可能到晚年以后，境界更加臻于《老子》所说的"大音希声"，最大的、最美妙的声音其实是不需要声音的，大道至简，琴能不能弹出声音，都不影响他表达自己的意境和情怀，可能琴弦断了也不在意，最后就成了无弦琴。弹琴之外，陶渊明酷爱读书，尤其是在自然之中读书。陶渊明特别会选地方，"树木交荫,时鸟变声",天气晴好,坐在树下,阳光透过树叶的缝隙洒落在书本上,时而还能听见鸟叫声,真是太美妙了。可还有更美妙的,五六月的时候,在北窗下卧,凉风袭来,轻抚着衣衫,翻动着书页,顿时感到飘飘欲仙,好像成了上古的神仙伏羲一样。伏羲是三皇之一,他所处的上古时代,在陶渊明看来是最为淳朴、纯真的,也是陶渊明最向往的社会状态,他的名篇《桃花源记》所描述的就是那样一种返璞归真的社会状态。自上古以下,社会越来越充满了巧诈、争斗,因此也就世风日下,人情浇薄。陶渊明身处的社会便是如此,但他在精神上保持着伏羲时期的淳朴、率真。

他以为这种单纯率真可以一直保持下去,因此"日月遂往,机巧好疏"。他的机巧并没有随着年龄的增长而增长,在经受了社会的毒打之后,他还是坚守着那一份"真",当然在别人看来这就是"拙"了。但陶渊明愿意守拙,他永远都学不会那些逢迎取巧。回忆往昔,陶渊明可以说是初心不改。他向孩子们交代自己的思想,也许这是他能留给孩子们最重要的财富了。

讲完自己的人生,陶渊明再度向孩子们表达了自己的愧疚。我真不是个好父亲!

　　　汝辈稚小家贫,每役柴水之劳,何时可免?念之在心，若何可言！

我们家里穷，没有仆人，家里的各种活就只能家人自己做。我没有兄弟，我自己干活又干不好，种个豆也是"草盛豆苗稀"，喝了酒就更没法干活了，所以，从你们很小开始，就要承担各种"柴水之劳"。真是对不起你们啊！"念之在心，若何可言！"可我还能为你们做点什么呢？只能留下一点嘱托了：

然汝等虽不同生，当思四海皆兄弟之义。

陶渊明的几个儿子分别出自他的两任妻子，所以是"不同生"。陶渊明担心自己死后儿子们互相争斗，甚至他可能担心第二任妻子会偏袒自己所出的孩子，因此他以"四海皆兄弟之义"，上承子夏"死生有命，富贵在天"的那番话，下启他对儿子们最重要的嘱托：兄弟同心，其利断金。陶渊明为什么其他什么嘱托都没有，专讲兄弟的和睦相处呢？恐怕跟他的家族有关。

让陶氏一族的政治、经济、军事等各方面状态达到顶峰的，是他的曾祖父陶侃。但是陶侃死后，他的儿子们极其不和，为了争夺家产，互相争斗，手足相残，让这个好不容易上升起来的家族迅速下滑，以至于到陶渊明的时候已经门庭衰落，生活困窘。有这样的前车之鉴，陶渊明就特别重视家族兄弟的和睦。除此之外，正如前文已经提到的，陶渊明自己是缺乏兄弟支持的，他很孤独。陶渊明在诗文中很喜欢用"孤"的意象，比如"万族各有托，孤云独无依"（《咏贫士》其一），"栖栖失群鸟，日暮犹独飞。……因值孤生松，敛翮遥来归。"（《饮酒》其四）这些孤独的云、鸟、松，一方面表现了陶渊明的孤介傲岸，另一方面也深深地映照出陶渊明内心对缺乏兄弟互相照应、互相提携的遗憾。陶渊明有 5 个儿子，尽管陶渊明也没有什么家产能让儿子们继承，但对一个家庭来说，无论子孙是贤是愚，家庭是贫是富，兄弟和睦，才能让家族正常地运转下去，否则就难免败落。

最后，陶渊明用了大量历史上的例子来说明兄弟同心的重要性。他们当中，有的是亲兄弟，能和睦相处，七代同居，扬名千古；有的是不是兄弟胜似兄弟的朋友，怀着"四海皆兄弟"的愿望，互相扶持，同心共济，也能流芳百世。陶渊明对孩子们说，这些人应该成为你们的榜样，成为你们兄弟共同努力的目标。正如《诗经》所说："高山仰止，景行行止。"这些兄弟同心的行为就像高山和大道，"虽不能尔，至心尚之。汝其慎哉！吾复何言。"哪怕你们做不到，也要朝着这个方向去做。我这番嘱咐如果你们慎重地记在心里，并付诸实践，我也就死而瞑目了。

陶渊明最后的这番叮嘱让我们看到了一个重情重义的他。如果说他那些脍炙人口的篇章塑造了一个超尘脱俗的隐士形象，是我们所熟悉的陶渊明，那么这封信，则展现了陶渊明的另一面，像每一个普普通通的父亲一样，他絮絮叨叨地讲自己人生的高光时刻和体悟，絮絮叨叨地安慰孩子们不必为他的离开而伤心，再絮絮叨叨地叮嘱孩子们家和万事兴。家庭的温情，儿女的羁绊，与那些超然洒脱一起，构成了完整的陶渊明。无论陶渊明怎样超尘脱俗，他也和每一个父亲一样，希望孩子们能够平安幸福地生活下去。那些看起来不爱读书、傻乎乎的孩子们，贤愚不论，只谨守着父亲"四海皆兄弟"的嘱托，兄弟相亲相爱，相互扶持，便是平凡而幸福的。

与子俨等疏

陶渊明

告俨、俟、份、佚、佟：

天地赋命，生必有死。自古圣贤，谁独能免？子夏有言曰："死生有命，富贵在天。"四友之人，亲受音旨，发斯谈者，将非穷达不可妄求，寿夭永无外请故耶？

吾年过五十，少而穷苦。每以家弊，东西游走。性刚才拙，与物多忤。自量为己，必贻俗患，僶俛辞世，使汝等幼而饥寒。余尝感孺仲贤妻之言，败絮自拥，何惭儿子。此既一事矣。但恨邻靡二仲，室无莱妇，抱兹苦心，良独内愧。

少学琴书，偶爱闲静，开卷有得，便欣然忘食。见树木交荫，时鸟变声，亦复欢然有喜。常言五六月中，北窗下卧，遇凉风暂至，自谓是羲皇上人。意浅识罕，谓斯言可保，日月遂往，机巧好疏，缅求在昔，眇然如何。

疾患以来，渐就衰损，亲旧不遗，每以药石见救，自恐大分将有限也。汝辈稚小家贫，每役柴水之劳，何时可免？念之在心，若何可言！然汝等虽不同生，当思四海皆兄弟之义。鲍叔、管仲，分财无猜；归生、伍举，班荆道旧，遂能以败为成，因丧立功。他人尚尔，况同父之人哉！颍川韩元长，汉末名士，身处卿佐，八十而终，兄弟同居，至于没齿；济北氾稚春，晋时操行人也，七世同财，家人无怨色。

《诗》曰："高山仰止，景行行止。"虽不能尔，至心尚之。汝其慎哉，吾复何言！

书信难传万里肠

白居易《寄行简》

　　唐宪宗元和十年（815 年）六月三日清晨，在大唐长安城的街道上，发生了一件举世惊骇的大事。天还没亮，当朝宰相武元衡从靖安坊住所出发上朝。途中突然有刺客从暗处冲出，向武元衡射箭。武元衡的随从吓得四散而逃，刺客趁乱砍下了武元衡的头颅，扬长而去。与此同时，御史中丞裴度在所居通化坊也遇到了刺客袭击，比武元衡幸运的是，他头上所戴的厚毡帽保护了他，只是头部被击伤，没有失去性命。

　　两位朝廷重臣同时遇刺，而且还是在上朝的路上，也就是在天子的眼皮子底下，这简直就是直指朝廷甚至天子。那么显然，这事得立即严查、彻查。可是此时的朝堂上下却陷入了一种沉默，没有人敢对此事说话。为什么呢？因为这些刺客不仅公然行刺，而且还扬言：谁敢抓我，我就先把谁杀了。想想连宰相都被他们手起刀落地解决了，还有谁敢尝试成为下一个武元衡呢？

就在当天中午，在这一片沉寂之中，有一个人站了出来，上书皇帝，要求立即缉拿凶手，严惩不贷，以此为逝者伸张正义，为朝廷一雪耻辱。这位打破沉默的勇士是谁呢？白居易。

白居易的振臂一呼确实打破了沉默，一时间朝堂热闹起来，原先紧闭的双唇都开始上下翻动，唾沫星子横飞，每个人都争着抢着发出愤怒的声音。可令人万万没有想到的是，这些愤怒并不是针对宰相横死的袭击事件，而是针对白居易的上书！白居易以为自己不惧死亡威胁、仗义执言会换来一呼百应的局面，可他实际面对的却是千夫所指。指什么呢？

首先，指他僭越，也就是超越了本分做事。白居易此时是太子左赞善大夫，赞善大夫相当于是谏议官，但只是太子手下的官，并不直接就是朝廷谏官。所以攻击白居易的人就说，朝廷谏官还没有说话呢，你一个东宫官员却先于谏官说话了，越位。这是官场大忌，他因而得到了僭越的罪名。白居易后来说，我赞善大夫的确不是什么大官，是个冷官，但是"朝廷有非常事"，我们就不能以常态来对待，我在这种情况下进谏，"谓之忠，谓之愤"(洪迈《容斋随笔》)，我是问心无愧的。你们要说我狂妄僭越，欲加之罪又何患无辞呢！

其实，这一场暗杀事件，是唐代政坛上两股政治势力斗争的白热化体现。安史之乱以后，唐代的地方割据势力——藩镇越来越根深蒂固，力量越来越强大，甚至与中央相对抗，使国家走向了衰落。唐宪宗有中兴之志，想要削弱藩镇势力，加强中央集权。他和他所重用的武元衡、裴度等人都主张用武力去削弱藩镇。而这显然就引起了藩镇势力的反抗。武元衡和裴度的遇刺，就是藩镇的杀鸡儆猴。朝中大臣都知道是怎么回事，因此这时候，那些原来主张削藩的，现在都战战兢兢，不敢吭声。指责白居易僭越，其实就是在向藩镇势力表态，我们没说话啊，账不能算到我们头上。心虚、胆怯，所以把怒火转移到白居易身上。白居易你是想把我们都带进坑里吗？我们可不想蹚这趟浑水。而原来站在藩镇一边的，这时候当然就更加看白居易不顺眼了，欲除之。白居易僭越，当然是为官的大忌，但是他只是越职进谏，不算重罪，想要除之，这个罪名还不够。怎么办呢？那就再加码吧。

因此，一些人想方设法搜肠刮肚，给白居易又加了另一条罪名：伤名教。什么是名教呢？名教就是儒家礼教，它的核心就是"忠"和"孝"。说白居易"不忠"找不到证据，那就说他"不孝"。他怎么不孝呢？白居易父亲死得早，母亲可能因为遭受精神打击而患有精神分裂症，而且随着年龄的增长，儿子们又长期在外任官，她的病情就越来越严重，最终投井而死。民间的传言说是他母亲因为看花而坠井死亡。白居易一直是很孝顺母亲的，但是要给他罗织罪名的时候，就有人说，母亲赏花坠井而亡，那赏花和坠井，就应该是白居易最为伤痛也最为忌讳的事情，可白居易此后写诗，竟然还写《赏花》，写《新井》，丝毫不为母亲避讳，这简直太不孝，有伤名教。这样的罪名，罗织起来容易，要辩解却太难。白居易举目望去，整个朝堂之上，对他怒目相向的人、朝他喷唾沫星子的人、站在一边冷眼旁观的人、缩在角落里自保的人……竟没有一个能为他说话的人。就这样，叠加双重罪名，白居易被贬官，贬到了江州任司马。

司马这个官并不低，但在唐朝中后期通常是贬官所任，是没有实权的。对白居易来说，曾经的济世之志，为国为民之心，就此被斩断。可以想见此时的白居易是多么愤怒，多么悲哀。他用满腔的忠诚和耿介，换来的却是这样的结局。就在他伤心落寞地收拾着行囊，即将被赶出京城，去往江州的时候，他收到了胞弟白行简从梓州寄来的信。

白行简在前一年夏天与白居易分别，应剑南东川节度使卢坦之聘，到梓州为卢坦掌书记。白居易本盼着他尽快回到京城兄弟团聚，却没想到自己现在也要被贬谪到江州，与弟弟越隔越远。被贬谪的悲愤和对兄弟的思念在心中交织，白居易提起笔，给弟弟写下了一封回信：

> 郁郁眉多敛，默默口寡言。岂是愿如此，举目谁与欢？去春尔西征，从事巴蜀间。今春我南谪，抱疾江海壖。相去六千里，地绝天邈然。十书九不达，何以开忧颜。渴人多梦饮，饥人多梦餐。春来梦何处，合眼到东川。

一上来白居易先用了两个叠词"郁郁""默默"，心中的悲愤郁结展露无遗。白居易在前一年弟弟赴任时写的一首离别诗，也是两个叠词开启："漠漠病眼花，星星愁鬓雪。"（《别行简》）也是表达悲伤的情绪，但情绪的厚度却是完全不同的。"漠漠病眼花，星星愁鬓雪"，白居易是在说自己的身体不太好，怕自己的病体等不到和弟弟重逢的一天。但这只是一种比较夸张的联想，他的目的是传达一种比较低落、萧瑟的情绪，烘托出与弟弟分别时候的感情基调。可是这次的这封信，"郁郁""默默"，就不再只是低落，而已经是沉痛了。虽然白居易在后文似乎是要表达他的悲伤来自他们的分别，但显然，他的沉痛更是来自他在官场上的遭遇。眉头紧锁,心绪郁结,"岂是愿如此,举目谁与欢?"朝廷里的那些人,要么不顾国家的死活,只顾与藩镇割据势力勾结,谋求自身的利益;要么战战兢兢,明哲保身。而我,却成了一个可悲的"孤勇者"。无人理解,无人支持,甚至被枪打出头鸟。"举目谁与欢",不仅是没有与我同欢乐的人,更是没有能够支持我、为我说一句话的人。那么,从此以后,我也只好跟其他人一样,"默默口寡言",这不是我心之所愿,而是无可奈何。

与沉默相反,白居易在此之前一直奉守的是"不平则鸣"的处事原则。他满怀着一腔为国为民的热血,对上至朝纲、下至百姓的天下不平之事,直言进谏,直笔书写,形成了"补察时政""泄导人情"(《与元九书》)的为官、为文主张。也正是在这样的主张下,他倡导了"新乐府运动","惟歌生民病,愿得天子知"(《寄唐生》),揭露民间疾苦,以期换得政治清明。当然,白居易也因为这样的揭露时弊、直言不讳,得罪了不少人,无论是藩镇武将,还是朝中文官,许多人都因此而恨他。所以他这次的被贬,表面看是因为僭越、不孝这些荒唐的罪名,但实际上这是多年积怨的一个爆发。

既然"不平则鸣"会给自己招致如此巨大的祸患,那么现在,他要"默默口寡言"了。他后来在诗里反复表达着要保持沉默的意愿，比如"宦途自此心长别，世事从今口不言"(《重题》)，"面上减除忧喜色，胸中消尽是非心"(《咏怀》)。这是在遭受了巨大挫败之后对自己的反思，他对自己一直以来奉守的理想和正义开始有了怀疑。

可他马上又说"岂是愿如此"，他仍然是心有不甘的。他不相信那一套沉默自保的人生哲学，他说在朝廷有非常事的情况下"不当默默"。因此当他说我要"默默口寡言"的时候，他说的是负气之话。我要从此闭嘴了，不跟那些沽名钓誉的人计较，从此以后，你们再也见不到我的不平则鸣了。既然无法兼济天下，那就选择独善其身。这是你们的损失，是这人间的损失，不是我白居易的损失。所以"默默口寡言"，看起来像是和"郁郁眉多敛"一样，白居易在形容自己当下的状态，但实际上这更是一句气话，甚至是讽刺，讽刺那些沉默的明哲保身者们。白居易的斗志并没有消失殆尽，他只是感到不平和悲哀。

意难平啊，如果在我振臂一呼的时候，有人站在我的一边为我说说话，支持我，那该多好啊！可是谁可以呢？那些能与我站在一起的人，他们都在遥远的山河之外。

至交好友元稹，在这一年春天，也是因为得罪权贵和宦官被贬谪到通州，任通州司马。元稹在远方得到白居易被贬江州司马的消息，震怒之下，写下了"垂死病中惊坐起，暗风吹雨入寒窗"（元稹《闻乐天授江州司马》）的诗句。元稹震惊于白居易被贬的缘由，更悲痛于好友的处境、自己的处境，乃至于国家的处境。自来表达震惊而悲痛的情感，难有出其右者。

而另一个始终与白居易站在一起的人，就是他的弟弟白行简。

白居易家共有四个兄弟，长兄叫白幼文，比白居易年长不少，在他们的父亲去世后，这个大哥就几乎代替了父亲的职责，长兄如父，将弟弟们培养成才。四弟白幼美，还未成年就夭折了。三弟白行简和白居易年龄相仿，相差4岁，自小一起长大，一起读书著文，就连白居易去京城参加科举考试，也带着弟弟一起。虽然没有同年考试，但白行简很快也跟随哥哥的脚步，考中进士，走上仕途，有非常相似的人生履历。连他们的名字，也显得幼文和幼美更有相关性，居易和行简更像另一对兄弟。白居易和白行简既是手足情深的亲兄弟，又是志趣相投的知己、朋友。白居易跟朋友们交游，白行简也总是其中的成员。白行简虽然不像白居易那样以诗歌闻名于天下，但他也有极高的文学才华。唐代文学中，高雅文学有诗歌散文，而世俗文学，则流行一种叫"传奇"的小说文体。唐代很多文学家都写过传奇。白行简写有一篇《李娃传》，是唐代传奇的代表作之一，鲁迅说它"缠绵可观"，对后世才子佳人类小说、戏曲都有很深的影响。当时的传奇往往还有一首长篇歌行体的诗歌与之相配，形成"一歌一传"的结构，比如白居易的名作《长恨歌》，就是与陈鸿《长恨歌传》相搭配的。而白行简的《李娃传》，则是由白居易最好的朋友元稹写了《李娃行》与之相配。可以看到，白居易的好友也是白行简的好友。那这个弟弟对白居易来说，重要性就不言而喻了。

在元和六年（811 年），他们的母亲去世，兄弟俩回乡丁忧。三年守丧期满后，白行简便去到梓州任职。所以白居易在这封信里接着写道：

去春尔西征，从事巴蜀间。

实际上白行简去梓州是在春夏之交，天气已经很热了。当时白居易写的告别诗《别行简》，其中四句说：

梓州二千里，剑门五六月。

岂是远行时，火云烧栈热。

农历的五六月正是天气开始炎热之时，尤其巴蜀地区，蜀道之难，要走很多栈道。栈道开凿在悬崖峭壁上，往往没有大量的树荫，天气一热，这些栈道被晒得滚烫，对行人来说就是折磨。白居易心疼弟弟要走这样艰苦的道路，所以说"岂是远行时"，这不是远行的好时节啊，你再等等，等到天气凉了再走不行吗？其实，天气凉了又会有其他的困难，只要是远行，白居易就不可能放心。他舍不得弟弟离开，不仅是因为牵挂弟弟的安危，还因为弟弟一走，自己孑然多病之身，就真是"举目谁与欢"了。所以白居易最后说，"念此早归来，莫作经年别。"（《别行简》）希望你早点回来和我团聚，不要长年累月在外面飘泊。

可经年之后，白居易还没等到弟弟回来，自己却被贬谪。

> 今春我南谪，抱疾江海壖。

白居易一直身体都不太好，而且他特别喜欢在诗里写自己生病，所以他就成了唐代诗人里面有名的"病秧子"。而此时的白居易，不仅一直以来体弱多病，而且母亲去世不久，服丧期间他的女儿金銮子也夭折，亲人接连离开的悲痛让他形销骨立；现在再加上仕途上的打击，进一步加重了他的病情，就算不是元稹"垂死病中"这样夸张的状态，也是多愁多病身。身体的疾病，容易让人在心理上更加敏感脆弱。比如白居易在差不多同时写给元稹的信里就说："眼痛灭灯犹暗坐，逆风吹浪打船声。"（《舟中读元九诗》）他在贬谪路上，在船上，点着灯读元稹寄来的诗，可是眼睛痛。白居易这个时期最严重的病可能就是他的眼疾,眼睛花、眼睛痛,所以他没法继续读下去,只好把灯熄灭,坐在黑暗之中,而他敏感的神经立刻就感受到,人生也仿佛进入了一片黑暗,"逆风吹浪打船声",风浪摧残着我的人生小船,时刻想要将它掀翻。白居易就是带着这样一种惶恐踏上贬谪之路的。

江州与梓州相隔辽远,一为江湖之国,一为峭拔之地,与他们所熟悉的一马平川的中原相比,都像是难通音讯的天涯地角,所以白居易在《寄行简》中又说:

相去六千里,地绝天邈然。

十书九不达,何以开忧颜。

我们隔着重重山水,难以见面促膝长谈,而唯一可以沟通你我的书信,却是"十书九不达",连书信的谈心都如此困难。怎么办呢？再退而求其次,做梦吧——

渴人多梦饮,饥人多梦餐。

春来梦何处,合眼到东川。

当无论是身体的还是书信的移动都成为问题的时候,幸好还有精神可以自由驰骋。那就让我在梦里,跨越千山万水,来到东川,来到梓州,与你相聚吧。

在"举目谁与欢"的处境之中,白居易很喜欢在诗文中写梦,尤其常写梦中与亲友的重逢团聚。比如在江州的第二年,白居易梦见与已经去世的老同事老领导裴垍一起工作。在梦里,他和裴垍一起上朝,在金銮殿上慷慨激昂指点江山,可醒来却发现自己是贬谪之身,而裴相公已生死永隔,只能长叹流涕。多想回到从前,有皇帝的信任,有同事的志同道合,还有自己未曾削减的壮志。白居易也曾梦见自己回到了长安,和亲朋好友们相聚一堂,在美好的春光中他们相伴出行,走到元稹家的时候,"元九正独坐,见我笑开口",呼朋唤友,笑语晏晏,真是久违的友情和快乐。可醒来却只有自己和自己的影子,"老去无见期,踟蹰搔白首"(《梦与李七、庾三十二同访元九》)。那些年轻时的美好时光一去不复返,如今竟是身隔山岳,世事茫茫,遥无归期。如果能留在这些美好的梦里,能不那么清醒就好了,像庄周梦蝶那样,究竟是庄周化为了蝴蝶,还是蝴蝶化为了庄周?梦与现实,哪一个才是真的呢?写给弟弟的另一首诗《梦行简》,就真是有点分不清梦和现实了:"天气妍和水色鲜,闲吟独步小桥边。池塘草绿无佳句,虚卧春窗梦阿怜。"我是在和暖的春光中梦见了行简,还是在有行简的梦中欣赏着春光呢?如果说生命总是难免感到受压迫,那么做梦,也算是一种超越和解脱的途径吧。

而在不得不清醒着的孤独的日子里,白居易开始把生活的重心放在了写诗作文上。被放逐，对个人的生命来说是坎坷，但对杰出的诗人来说，却往往是精彩作品的触发器。白居易在江州时期，是他文学理论与创作的一个成熟和爆发期。

这个时期他写下了许多代表作品，比如名篇《琵琶行》。白居易对自己的被放逐一直耿耿于怀，难以摆脱这个巨大的打击所带来的苦闷、悲伤，然而亲友们又都不在身边，"举目谁与欢"，因此他时时处处都在寻找可以与自己同病相怜的人，《琵琶行》里那位"老大嫁作商人妇"的琵琶女，便勾起了他"同是天涯沦落人"的感慨。但白居易并没有忘记自己为国为民的理想与初心，虽然身为司马，无实权可行，但依然可以写诗作文来"补察时政""泄导人情"。所以这个时候的白居易，还是有斗志的。

有斗志，就会对当下的处境有所不平。那怎么去抚平心中的块垒呢？白居易拿起了谢灵运的诗。谢灵运才高八斗，却也不得志，白居易自认为才华堪比谢灵运，也和谢灵运一样怀才不遇。所以谢灵运的行为、选择对他来说是有借鉴价值的。当壮志难酬、胸有块垒的时候，需要找到一个发泄之处，谢灵运找到了，那就是山水。而江州也正是谢灵运曾寄情山水的处所，同时这里还是陶渊明的老家。陶、谢二人，一个是田园诗的鼻祖，一个是山水诗的鼻祖。白居易在江州，阅读着陶、谢的诗歌，欣赏着同样的山水田园，也就逐渐生发出了一种隐逸之情。而且这种隐逸跟隐于山林或者隐于朝市的小隐、大隐都不同，白居易称之为"中隐"。什么是中隐呢？就是还保持着像现在一样的有地位但没实权没琐事的官位：

似出复似处，非忙亦非闲。

不劳心与力，又免饥与寒。

终岁无公事，随月有俸钱。

《中隐》

拿着不低的工资，又无俗事挂怀，这简直是天底下最美好的生活了。逐渐地，白居易放弃了早年的斗志，放下了曾经高举过的旗帜，过上了十分恬淡的生活，像"绿蚁新醅酒，红泥小火炉"（《问刘十九》）这样轻盈美好的诗，都是在他看淡和放下之后所写。晚年白居易再度受到朝廷重用，他依然可以抽身于残酷的党争之外，与这种中隐的思想是密不可分的。

当他将自己与政治相剥离了之后，亲情和友情更加成了他生活的重心。白居易到江州两年后，长兄幼文去世了，弟弟白行简成为他在这人间唯一的手足同胞。山水阻隔，三年不见，思念愈发浓烈。就在这一年冬天，白居易收到行简的信，由于卢坦去世，他要从梓州回来了。白居易兴奋至极，一连写下两封回信。第一封信说：

朝来又得东川信,欲取春初发梓州。

书报九江闻暂喜,路经三峡想还愁。

潇湘瘴雾加餐饭,滟滪惊波稳泊舟。

欲寄两行迎尔泪,长江不肯向西流。

《得行简书,闻欲下峡,先以此寄》

弟弟回来,白居易终于可以摆脱"举目谁与欢"的处境了,虽然离真正的见面还有小半年时间,但他已经兴奋得不得了了,"书报九江闻暂喜"。可是这喜悦是暂时的,为什么呢?"路经三峡想还愁",蜀道难,尽管从梓州到江州一路顺江而下,但要经过险恶的三峡,而且当时人认为西南地区的山林中有瘴气,容易让人生病甚至死亡,所以白居易立刻又担心起弟弟来,回来的路上千难万险,一定要"加餐饭""稳泊舟",健健康康、平平安安地回来! 短短八句,由喜到愁,到祈盼平安,到流泪,到巴不得立刻西行迎接弟弟,情绪是千回百转、动人心魄。在第二封信中,白居易情绪稍微平静了一些,他登上西楼,望断天涯路,回想这三年天各一方的日子,也是人生路上最艰难的日子,有太多想说的话因为音信阻隔而没有说,那也就算了吧,千言万语化作一句珍重,只要弟弟平安归来,家人团聚,就足够了。

第二年春天,白行简从梓州回到江州,兄弟俩终于团聚,无限欢畅。白居易举起酒杯说：

> 行简劝尔酒，停杯听我辞。
>
> 不叹乡国远，不嫌官禄微。
>
> 但愿我与尔，终老不相离。

《对酒示行简》

历经风霜的兄长对弟弟说着最朴素的话语。人生不就是如此吗？身居高位如何，贬谪异乡又如何；家财万贯如何，俸禄微薄又如何，千帆过尽，始觉富贵如浮云，家人最珍贵。

漫漫长路，宦海沉浮。白居易从江州调任忠州刺史，脱去青衫，重着官服，白居易的心情像出笼的鸟儿一样轻松愉快。白行简呢，此时没有官职，哥哥去到哪儿他就跟到哪儿。唐宪宗去世，穆宗即位，因为欣赏白居易的才华，将他召回了长安。次年，白行简也入朝，授官左拾遗。兄弟二人同朝为官，白居易喜不自禁，写下一首诗祝贺弟弟，对两人同朝为官表达了极大的喜悦和骄傲。在这首诗的最后，白居易说：

> 老去何侥幸，时来不料量。
>
> 唯求杀身地，相誓答恩光。

《行简初授拾遗，同早朝入阁，因示十二韵》

这个时候的白居易，早已惯看秋月春风，将"中隐"作为处世原则，荣辱沉浮都难以再牵动他的心。他也感受到了当时朝堂上的党争正暗流汹涌,比当年他被贬江州司马时还要有过之而无不及。因此他主动谦退,认为这次的被重用是"侥幸",是没有预期的"时来"。然而,兄弟的同朝为官,还是会让他想起当年"举目谁与欢"的情景:当他针砭时弊振臂高呼时,满朝文武的沉默与怒目;当他被以莫须有的罪名贬谪时,满朝文武的沉默与冷酷,他甚至一想起来还会脊背发凉。现在,这朝堂之上终于有和我站在一起的人了,他甚至是我的手足兄弟,这怎能不让我热泪盈眶?那么,就重拾起初心,全力尽忠,杀身成仁吧。

但很可惜的是,几年之后,白行简病逝。白居易"哀缠手足,悲裂肝心,痛深痛深,孤苦孤苦"(《祭弟文》)。举目朝堂,党争愈演愈烈,穆宗也并非明主;举目世间,手足凋零,无人再知我愁,无人再与我欢。此后的十几年人生中,白居易保持着"默默口寡言",中隐于官位,独善其身,甚至遁入空门。他已不再是当年那个写《卖炭翁》《秦中吟》的白居易了,曾经那些振聋发聩的讽喻文字,化作了自然恬淡的闲适诗句。在"举目谁与欢"的孤苦中,晚年的白居易找到了"青山独往"的平静。他看淡了一切,唯有亲情,依然珍视。他在弟弟坟茔东边,为自己准备好了墓地,即便此生再无相见之日,我们的骸骨也要永远相依。

寄行简

白居易

郁郁眉多敛，默默口寡言。

岂是愿如此，举目谁与欢？

去春尔西征，从事巴蜀间。

今春我南谪，抱疾江海壖。

相去六千里，地绝天邈然。

十书九不达，何以开忧颜。

渴人多梦饮，饥人多梦餐。

春来梦何处，合眼到东川。

别行简（时行简辟卢坦剑南东川府）

白居易

漠漠病眼花，星星愁鬓雪。

筋骸已衰惫，形影仍分诀。

梓州二千里，剑门五六月。

岂是远行时，火云烧栈热。

何言巾上泪，乃是肠中血。

念此早归来，莫作经年别。

得行简书，闻欲下峡，先以诗寄

白居易

朝来又得东川信，欲取春初发梓州。

书报九江闻暂喜，路经三峡想还愁。

潇湘瘴雾加餐饭，滟滪惊波稳泊舟。

欲寄两行迎尔泪，长江不肯向西流。

登西楼忆行简

白居易

每因楼上西南望，始觉人间道路长。

碍日暮山青簇簇，漫天秋水白茫茫。

风波不见三年面，书信难传万里肠。

早晚东归来下峡，稳乘船舫过瞿唐。

对酒示行简

白居易

今旦一樽酒,欢畅何怡怡。

此乐从中来,他人安得知。

兄弟唯二人,远别恒苦悲。

今春自巴峡,万里平安归。

复有双幼妹,笄年未结褵。

昨日嫁娶毕,良人皆可依。

忧念两消释,如刀断羁縻。

身轻心无系,忽欲凌空飞。

人生苟有累,食肉常如饥。

我心既无苦,饮水亦可肥。

行简劝尔酒,停杯听我辞。

不叹乡国远,不嫌官禄微。

但愿我与尔,终老不相离。

行简初授拾遗,同早朝入阁,因示十二韵

白居易

夜色尚苍苍,槐阴夹路长。

听钟出长乐,传鼓到新昌。

宿雨沙堤润,秋风桦烛香。

马骄欺地软，人健得天凉。

待漏排间阖，停珂拥建章。

尔随黄阁老，吾次紫微郎。

并入连称籍，齐趋对折方。

斗班花接萼，绰立雁分行。

近职诚为美，微才岂合当。

纶言难下笔，谏纸易盈箱。

老去何侥幸，时来不料量。

唯求杀身地，相誓答恩光。

书信难传万里肠　白居易《寄行简》

忆君心似西江水

鱼玄机《江陵愁望寄子安》

深秋的傍晚,汉江两岸的枫叶已经红了,在夕阳的映照下格外迷人。一阵风吹来,层层叠叠的枫叶摇曳起来,发出萧萧肃肃的声音,与江水奔流的涛声融在一起,涌向江桥上茕茕孑立的那个女子。她望向远方天水相接的地方,那里不时会出现一片帆影,载回远方的归人。可直到夜幕笼罩,江边万家灯火亮起,她依然没有等到属于她的那片归帆。她落寞地转身回家,提笔写下了《江陵愁望寄子安》。

枫叶千枝复万枝,江桥掩映暮帆迟。

忆君心似西江水,日夜东流无歇时。

这封以诗的形式呈现的家书,收信人子安,一般认为姓李名亿，是晚唐的一个状元，官任朝廷补阙，子安是他的字。寄信人便是这位女子，鱼玄机。

鱼玄机的名字，显得带有道家的意味。的确，这个名字是她成为女道士之后的道号。那她为什么会出家为道士呢？正与她等待的这位李亿有关。

鱼玄机原名鱼幼薇，字蕙兰。正史中没有留下关于她的记载，她的家庭是什么样的，也没有人清楚。有人说她的父亲应该也曾是一位士大夫，但在她很小的时候父亲就去世了，她和母亲自此过着贫寒低贱的生活。生活的折磨并没有掩盖鱼玄机的聪慧和美丽。她喜欢读书，尤其擅长写诗。在那个遍地是诗人的唐代，鱼玄机依然能够脱颖而出，跻身为唐代四大女诗人之一。

这位天才女诗人，很早就已崭露头角，被誉为"诗童"。在她大约 13 岁的时候，诗名传到了当时很有名的词人温庭筠的耳中。温庭筠觉得很惊奇，就想去会一会她。见到鱼玄机之后，温庭筠给她出了一道题，让她写江边的一棵柳树。鱼玄机沉吟片刻，写下一首《赋得江边柳》，交上了答卷。

翠色连荒岸，烟姿入远楼。

影铺秋水面，花落钓人头。

根老藏鱼窟，枝低系客舟。

潇潇风雨夜,惊梦复添愁。

　　鱼玄机的即兴作诗让温庭筠赞叹不已。自此以后,这两个年龄差距悬殊的诗人便因诗结缘,成为忘年交。中年温庭筠扮演着亦父亦师亦友的角色,而少女鱼玄机则因为温庭筠的提携,更加声名大振。

　　鱼玄机对自己的才华也颇有些自负,她写过一首《卖残牡丹》诗。

　　　临风兴叹落花频,芳意潜消又一春。

　　　应为价高人不问,却缘香甚蝶难亲。

　　　红英只称生宫里,翠叶那堪染路尘。

　　　及至移根上林苑,王孙方恨买无因。

　　鱼玄机生活贫苦,也许的确卖过牡丹花,但这首诗显然更是借花写人,隐然自喻。春天又将过去,牡丹花快要开败了,看着它这样凋谢,我只能"临风兴叹"。花开堪折的时节,为什么却没人买它呢? 只因"价高",只因"香甚"。这花就像我啊,我太好了,太优秀了,一般人、一般的蝴蝶都不配拥有我,所以"人不问""蝶难亲"。不是我不够好,是他们不配,我"只称生宫里",作为牡丹,百花之王,根本不应该像现在这样低贱地"染路尘",我应该有高贵的生活。因此我相信终有一天,我会

"移根上林苑"，到皇家园林去居住，去到牡丹我应该去的地方。到那个时候，连贵族公子都会遗憾无缘拥有我，"王孙方恨买无因"。多么自信，多么孤傲，又多么渴望改变命运的女子！

可她是女子，尽管诗才卓越，却无法像男子一样通过才华去改变命运。有一次，她路过张贴的进士榜，看到又有一批男性依靠诗句、才华金榜题名，改变命运，"移根上林苑"了，她不禁感慨："自恨罗衣掩诗句，举头空羡榜中名。"（《游崇真观南楼睹新及第题名处》）我恨呐，恨我仅仅因为是个女子，我的才华就不能被大家看到。如果我能去参加科举考试，我一定能把榜上的大部分人给比下来！只恨我是个女儿身，只能"举头空羡榜中名"。

所以当她在结识了新科状元李亿之后，她天真地以为，改变命运的机会到了。

那时候鱼玄机十四五岁，已经出落得亭亭玉立。她应该已经结识了不少诗人才子。但眼前这位金榜题名的翩翩公子李亿，依然让情窦初开的少女倾心不已。他是状元，是朝廷补阙，是那个也许真能带着她"移根上林苑"的人。而对李亿来说，鱼玄机的美貌和才情，是如此的不同凡响，太适合成为状元的身边人，成为他炫耀的又一资本。因此，很快，在温庭筠的撮合之下，鱼玄机就嫁给了李亿。

"嫁"这个字眼在这里其实并不准确。当时李亿是已经有家室的人，家中已娶有正妻。在唐代，像李亿这样的科举进士，前途一片光明，身价是很高的，很多高门大族、王公贵族，都想把女儿嫁给进士，因此他们的婚姻往往带着政治联姻的性质。而鱼玄机出身卑微，无法与李亿门当户对，也无法在李亿此后的仕途上帮助他。因此，就算李亿此前未婚，鱼玄机也不可能成为他明媒正娶的妻子，只能是李亿的妾。而妻和妾，地位有巨大的差别。

"妻者，齐也"（班固《白虎通义》），是可以地位平等、相互尊重的人。而妾呢，等同于仆人、奴婢，她的夫和夫的妻，对她来说都是主人。像《红楼梦》里面，贾探春的亲生母亲赵姨娘就是妾，而贾探春一直将父亲的正妻王夫人视为母亲。探春治家的时候，赵姨娘跟她说她舅舅死了，希望探春多给点抚恤金，探春却回答说，"谁是我舅舅？我舅舅年下才升了九省检点，那里又跑出一个舅舅来？"（《红楼梦》第五十五回）至于你说的你的哥哥，那是"太太的奴才"。尽管探春没有把生母这个妾也称为奴才，但地位也高不到哪里去。妾往往也是没有人身自由的，常常被卖来卖去。唐代贯休的《轻薄篇》就写道，公子哥儿们"斗鸡走狗夜不归，一掷赌却如花妾"，再漂亮的妾都可能被夫——她的主人——作为赌注给输到别人家去。

尽管做妾有这么多的弊端，未来有那么多的隐患，但鱼玄机还是满怀憧憬地嫁了。这个身为下贱却心比天高的女孩相信爱情，相信自己和别人不一样。李亿不是说爱我的才甚于我的貌吗？就算有一天我年老色衰，我的才华依然可以让我成为他一辈子的知己。所以，我对我的未来充满信心。

接下来的一段日子里，新婚的鱼玄机和李亿出双入对，恩爱非常。鱼玄机终于摆脱了贫穷的底层生活，丈夫前途无量，而且还那么宠爱她，她一定是快乐而幸福的，也许她在某些时候真的感觉自己是一朵"移根上林苑"的牡丹了。

可是好景不长，李亿的正妻得知了鱼玄机的存在，她接受不了丈夫在京城另有外室，要求李亿火速回家将她接来京城同住，以便她能时时刻刻盯住李亿，不让鱼玄机再靠近他了。

但鱼玄机和李亿并没有觉得这是他们爱情的终结，至少鱼玄机不这么认为。她还抱着一丝希望：李亿的夫人还没有见过我，她现在讨厌我、恨我，是因为她觉得我抢走了她的丈夫，可是我会让她知道，我不会抢走他的，我会做一个地位低下的小妾，好好服侍他们。见到我以后，她也许会改观，容下我，甚至喜欢我呢！

鱼玄机这样的想法虽然有点天真，却并不是毫无根据的。

首先，在古代社会，男子一妻多妾是很常见的，所以鱼玄机觉得，你一个妻，应该要容忍你的丈夫有妾。其次，妻对妾由不容到容甚至喜欢，这样的情况历史上也曾出现过。比如东晋大将桓温在带兵剿灭西南割据政权成汉之后，对成汉的公主产生了爱慕，就把她抢回去做妾。因为桓温夫人性妒，所以桓温只敢在外面偷偷地金屋藏娇。可不久后，这事还是被桓温夫人知道了，夫人气势汹汹地举着匕首，带着一拨婢女，就冲成汉公主的住所奔来。就在一场大战一触即发之际，事情却发生了戏剧性的变化。桓温夫人看到了成汉公主，瞬间被她的容貌、气度给震慑住了，只见她丢掉匕首，上前抱住成汉公主，说："妹妹啊，我终于理解桓温这老家伙为什么喜欢你了，连我见了你都喜欢啊！"从此就善待了公主。这看起来似乎太有戏剧性，不可复制，但饱读诗书的鱼玄机总是相信自己和普通人不一样，成汉公主能做到，我为什么不能做到呢？所以在这段爱情中，鱼玄机其实是矛盾的，既自信骄傲，又伏低做小，爱得卑微。

她为什么会有这样的矛盾心态呢？

对鱼玄机来说，长期的贫穷飘泊，让她受够了那样的生活，如果李家能够接纳她，她便不再是被偷偷养在外面的"外室"，她的一生也便有了更可靠的依托，也许李亿也这样承诺过她吧。因此哪怕只有一丝希望，她也一定要试试。

李亿启程回乡，接夫人，谈判。鱼玄机来到江陵，与李亿隔江相望，等待李亿带回消息，等待李亿带她回家。

在日复一日的等待中，鱼玄机以诗歌的形式，写下了一封又一封的书信。我们开头所看到的那封《江陵愁望寄子安》，便是其中之一。"枫叶千枝复万枝，江桥掩映暮帆迟。忆君心似西江水，日夜东流无歇时。"时光飞逝，已经是秋天了，满岸的红叶陪着我日复一日地等待，又是空等的一天，不知道你什么时候才能归来。这连绵的江水从西到东，无穷无尽，从世界的尽头蔓延到另一个尽头，这就是我对你无穷无尽的相思。这首诗最后两句的比喻巧妙而贴切，尽管前有徐干"思君如流水，何有穷已时"（徐干《室思》其三），后有李煜"问君能有几多愁，恰似一江春水向东流"（李煜《虞美人·春花秋月何时了》），鱼玄机依然凭借这句诗的深厚情韵，在一众杰出男诗人中发出耀眼的光芒。

在江陵等待的鱼玄机，相信李亿与她是心意相通的。"枫叶千枝复万枝"，这里的"枝"，谐音"知"，表示你知我心，我也知你心。鱼玄机相信李亿是她的知音，他们两个人是心往一处想的，只要等到李亿谈判好，回来接她，她就能拥有一个家。她在另一封信《隔汉江寄子安》中，也表达了这样的情感。

江南江北愁望,相思相忆空吟。

鸳鸯暖卧沙浦,鸂鶒闲飞橘林。

烟里歌声隐隐,渡头月色沉沉。

含情咫尺千里,况听家家远砧。

　　这是一首并不常见的六言律诗。我们一般所见到的律诗通常是五言或者七言,六言并不多。明代文学理论家陆时雍曾经对三言至七言的诗进行过特点总结,在说到六言诗的特点时,他说:"六言甘而媚。"(陆时雍《诗镜总论》)六言诗适合表达甜蜜美好的场景。鱼玄机这首诗确是如此。"江南江北愁望,相思相忆空吟",尽管有"愁"和"空"两个字,但其中的伤感被"江南江北""相思相忆"冲淡了许多,毕竟,当我在思念你,而你也在思念我的时候,这种牵挂就带着甜蜜的味道了。颔联的"鸳鸯"和"鸂鶒"都是水鸟,鸳鸯大家很熟悉了,总是成双成对地出现;而鸂鶒也是这样,李白称它为"紫鸳鸯",也喜欢出双入对。所以鱼玄机描摹了这两种水鸟,也是在暗喻自己和李亿是这样美好的伴侣。而当夜色降临,"烟里歌声隐隐,渡头月色沉沉"的环境,也是静谧美好的,这时候她想到的是,只要心中饱含着对彼此的爱,哪怕我们相隔千里,心的距离也近在咫尺。更何况,我还听到了夜幕中传来远方捣衣的砧声,那是家的声音。鱼玄机在这里终于忍不住将她最渴望的东西透露了出来:"况听家家远砧",她只是想要一个家。

可是,秋去冬来,冬又行尽,又是一年春天,鱼玄机还是没有等到李亿的消息。她持续地写着,写下了《春情寄子安》。

> 山路欹斜石磴危,不愁行苦苦相思。
>
> 冰销远涧怜清韵,雪远寒峰想玉姿。
>
> 莫听凡歌春病酒,休招闲客夜贪棋。
>
> 如松匪石盟长在,比翼连襟会肯迟。
>
> 虽恨独行冬尽日,终期相见月圆时。
>
> 别君何物堪持赠,泪落晴光一首诗。

为排解孤单和苦闷,趁着初春好景,鱼玄机出门散心。山路崎岖陡峭,走起来有点费劲。一般人都苦于走这样的路,但鱼玄机丝毫不在意这行路之苦,因为跟她的相思之苦比起来,这简直不值一提。鱼玄机走在这山路上,看着山间的美景,脑海里浮现出的却全是李亿的身影,"冰销远涧怜清韵,雪远寒峰想玉姿",似乎全世界的美景都是李亿的化身。总是忍不住想念,也总是忍不住想要叮嘱:在我们分开的这些日子里,请你不要去听那些庸俗的歌唱、喝多了酒,也不要招来闲客。为什么呢? 因为以前给你唱歌、陪你喝酒下棋的人是我,现在我不在你身边,可不能有别的人取代了我,让你忘了我。"如松匪石盟长在，比翼连襟会肯迟。虽恨独行冬尽日，终期相见月圆时。"鱼玄机反反复复地强调，离别只是暂时的，我们终有一日会盼来重逢，盼来"比翼连襟"的一天。这是她最大的渴望，可是她已经隐隐地感觉到了自己的憧憬可能只会是幻想，因此在最后一联中，她好像在做最后的诀别，"别君何物堪持赠，泪落晴光一首诗。"她含着泪，把情感的自己完整地打包进这封信里，赠送给李亿。这样的持赠，恐怕是李亿生命中无法承受之重。

鱼玄机给李亿的信写了厚厚一叠了，可她却始终没有接收到来自李亿的消息，她的期盼一天一天落空。

其实，这样的结局鱼玄机早就应该预料到了。

在古代才子佳人的故事中，才子往往容易对外来力量的干涉屈服。这不是故事的套路，而是现实的映射。对才子来说，他有显赫的家庭，还有光明的未来，一旦为了一个女子与家人闹掰，声誉再受损，自己便什么都没有了。而满心相信和依赖着他的佳人，则自然成为最无足轻重的牺牲品。才貌双全如鱼玄机，也无法例外。

不知道又过了多久，终于，鱼玄机等到了来自李亿的消息，但不是接她回家，而是要她出家为女冠，也就是女道士。

为什么李亿会要求她做女道士呢？

有唐一代，由于皇家姓李，便尊奉老子李耳为他们的祖宗，而老子又是道家和道教的圣人，因此道教在唐代便得到了空前绝后的推崇。而女道士在这个时代，又显得与其他时代格外不同，是极为特殊的一个群体。有多特殊呢？第一，人数多；第二，地位高。

人数方面，一般来说，不管是佛家还是道家，男性出家者都比女性出家者要多。可是在唐代，却出现了女冠比道士多的情况。《新唐书》里记载说："天下观一千六百八十七，道士七百七十六，女冠九百八十八。"

至于地位高，并不是指在道教中的地位，而是指在世俗中的地位。女冠的"冠"是什么呢？帽子。古代男子在成年时，就要把头发梳起来戴上帽子，但女子不同，成年的女子通常是把头发梳成发髻，插上簪、钗等。所以男子成年叫"弱冠"，女子成年叫"及笄"，"笄"就是簪子。由此可知，女子一般是不戴帽子的。但女冠顾名思义是戴帽子的。女冠们和男子一样戴上了冠，也就意味着她们具有跟男子相对平等的地位。比起一般的女子，她们的地位、人身自由就会比较高。唐代就有很多本身地位就很高的女子出家为女冠，比如公主、皇妃、贵族女子等。唐睿宗李旦的两个女儿，也就是唐玄宗的两个同母妹妹，金仙公主和玉真公主，都正式出家做了女冠。杨贵妃在从寿王妃变成唐玄宗的贵妃之前,也曾经做过女冠,道号"太真"。上行下效,贵族女性纷纷入道,普通女子也大量出家,而富有才华的女诗人们也不例外,与鱼玄机齐名的女诗人李冶,就也是一位女冠诗人。

　　一般人印象中的女道士,应该是清心寡欲,不食人间烟火,看上去仙风道骨的样子。而唐代女冠们的生活,并不是那么清虚自守的,反而由于摆脱了世俗的束缚,能更有机会自由活动。再加上女冠脱离生产,平时无事,除了修道,往往有更多时间读书、作诗,因此很多女冠就和男性文人、士子们往来交游、吟咏唱和。比如玉真公主就和李白等人有着密切的往来。李白那句著名的"功成拂衣去,摇曳沧洲傍"(李白《玉真公主别馆苦雨赠卫尉张卿二首》)就是在玉真公主的别馆里所作的诗句。而女冠诗人李冶,则曾被唐代宗请入皇宫居住月余。由此可以知道,女冠可以较为自由地与世俗男性交往。这种交往也不排除爱情的存在,当这种情况出现的时候,女冠的身份有时反而成了一种冠冕堂皇的遮掩,由此也就带来了诟病,有人就说唐代的女冠是类同于半娼妓的。

　　这样来看,李亿要求鱼玄机去成为一名女冠,恐怕就显得居心不良了。他是不是想借着鱼玄机女冠的身份继续与她交往,还不用负责任,不用娶她,也不用和自己的家庭决裂呢?

如果是的话,鱼玄机会同意他的要求吗?

鱼玄机现在终于可以对李亿死心了。但是,鱼玄机此时的处境又是怎样的呢?在古代社会,一个女子如果没有家庭,就如同风中的尘埃,飘泊无依,可能遇到大量的黑暗和凶险。所以很多贫寒无依的女子,宁可为妾为婢,也不愿意离开一个稳定的、不算太苛刻的人家。而唐代的女冠,一方面可以不用为衣食发愁,有国家的供给,还有大量王公贵族的捐赠供养,比起飘零穷苦的生活好了不知道多少倍;另一方面又有相对的自由,她可以继续作诗、交友。因此,最终,鱼玄机选择了成为一名女道士,并起道号"玄机"。

成为女冠后的生活让鱼玄机终于摆脱了世俗的各种困扰,可以潇洒地享受天地之间的美好。她的《题隐雾亭》就是一首充满了自然情怀的诗。

春花秋月入诗篇,白日清宵是散仙。

空卷珠帘不曾下,长移一榻对山眠。

鱼玄机像是对着整个世界宣布:现在我可以自由地欣赏大自然的一切美好了!春花也好秋月也罢,都齐齐进入我的诗篇。无论白天和夜晚,我都过着神仙一样散淡的生活。我住的地方开门即可见山,门帘一直卷起来不曾放下来过,因为我欣赏山景总嫌欣赏不够，可到了我该睡觉的时候，我就进到卧室看不到山了，这多遗憾啊，怎么才能不遗憾呢？我干脆把床榻给移到大门口，"长移一榻对山眠"，守着山景睡觉。这"对山眠"的气魄，真是落拓不羁，潇洒豪迈，多少男性诗人也得甘拜下风。

在自然的疗愈下，鱼玄机渐渐开始反思爱情对自己的伤害。她在这个时期写下了《赠邻女》：

> 羞日遮罗袖，愁春懒起妆。
>
> 易求无价宝，难得有心郎。
>
> 枕上潜垂泪，花间暗断肠。
>
> 自能窥宋玉，何必恨王昌。

这首诗是写给邻居女孩的，但距离她时代最近的五代《才调集》则把这首的题目录为《寄李亿员外》。如果《才调集》的题目是可靠的话，那么不妨将这首诗看作是鱼玄机写给李亿的最后一封信。诗的开头两句，"羞日遮罗袖，愁春懒起妆"，不想梳妆打扮，还用衣袖遮脸，颇有点老师温庭筠"懒起画蛾眉，弄妆梳洗迟"（《菩萨蛮》）的味道。女为悦己者容，当失去悦己者，无人欣赏的时候，也就没有了"容"的动力。悦己者总是薄情的，"易求无价宝，难得有心郎"，直白地指斥李亿，你也只是天底下那么多薄情郎中的一个，我以为你会不一样，但你让我失望了。你伤透了我的心，我为你流过的泪都流干了，我为你伤透的心现在也愈合了。现在，你也不再是我的谁了，我将开启我新的生活。"自能窥宋玉，何必恨王昌"，宋玉和王昌都是才貌双全的男子的代称，鱼玄机在这里把李亿比作王昌，而用宋玉来指代自己将会找到的新的爱人。你曾经对我的玩弄和抛弃，我已经不在乎了，我不怨恨了，我一定能找到称心如意的爱人。那个"忆君心似西江水"的痴情女子，你李亿不配拥有！非常的大胆、自信，也非常的骄傲和倔强。鱼玄机在这里做了一个漂亮的转身，只留给李亿再也够不到的背影。

而如果，这是赠邻居女孩的诗，安慰和鼓励女孩及时走出上一段感情的痛苦，勇敢地寻找下一段感情，这样的爱情观的传递，在古代社会是弥足珍贵的。在女性普遍缺乏独立人格的时代，鱼玄机可以说已部分具有了现代女性的意识。

但是，这样独立、自强的人格，在鱼玄机所处的时代，就有点生不逢时了。尽管唐代是一个相对较为开放和包容的时代，女性地位比较高比较自由，但鱼玄机生活的时候已经进入了晚唐，大唐盛世走向衰败，思想文化上也越来越保守。女性受到的束缚越来越多、越来越紧，难以在不依附于一个男性或者一个家庭的情况下独立地正常生活。所以鱼玄机在最后说

"自能窥宋玉,何必恨王昌",表面上好像是在说你离开我了,我还不能重新找一个吗? 但实际上这是她的一个困境,她还需要再去找到一个依靠。虽然现在是女冠,可以保她暂时的温饱和稳定,可这样的生活可以持续多久呢? 这样的保障万一发生变故呢? 她毕竟还年轻,她希望在自己还青春貌美、思维敏捷的时候,做命运的主人,寻找到一生的依靠,甚至去"移根上林苑",做一棵国色天香的牡丹。

所以后来鱼玄机的所作所为受到了很多的诟病。她大量地和文人才子们交往,对其中一些人伸出橄榄枝,表达希望托付终身的意愿。这在传统的男权社会是不可被接受的,甚至被认为是违背礼义廉耻的。可鱼玄机是不是就真的生活放荡了呢? 她毕竟是一个自尊的女子,她和别人不一样。我们可以来看她这一时期的《感怀寄人》:

> 恨寄朱弦上,含情意不任。
>
> 早知云雨会,未起蕙兰心。
>
> 灼灼桃兼李,无妨国士寻。
>
> 苍苍松与桂,仍羡世人钦。
>
> 月色苔阶净,歌声竹院深。
>
> 门前红叶地,不扫待知音。

她拨弄着琴弦，琴声却载不动她的情思和哀愁。人人都以为她活得放荡，却没人真正理解她。"早知云雨会，未起蕙兰心"，蕙兰是美好纯洁的花儿，又是鱼玄机出家前的小字，因此这是一个双关，美好纯洁的蕙兰我，不屑于要那逢场作戏的云雨会。我要的是什么呢？是"灼灼桃兼李，无妨国士寻。苍苍松与桂，仍羡世人钦"。我的外表就像那美到耀眼的桃李花，而我的内心则是苍苍的松与桂，美丽、孤高、坚韧。世人都向我投来仰慕的眼光，我真正希望等待的，是能够尊重我、与我比肩而立的国士，只有这样的人才是我的知音。可这样的知音太难得了，我门前久已无人问津，落满了一层又一层的红叶。而我依然在等待，"门前红叶地，不扫待知音。"

依然是这"千枝复万枝"的红叶，依然是那个还在等待的女子。她不再等待着李亿，而在等待真正懂她、尊重她的知音。

可惜的是，鱼玄机并没有等到这样的知音出现。她只活了二十多岁就结束了短暂的一生。那在污淖中挣扎的一生，结束了也好。而她留下的关于爱与恨的绝唱，却像那西江之水，亘古流淌。

江陵愁望寄子安

鱼玄机

枫叶千枝复万枝，江桥掩映暮帆迟。

忆君心似西江水，日夜东流无歇时。

隔汉江寄子安

鱼玄机

江南江北愁望，相思相忆空吟。

鸳鸯暖卧沙浦，鸂鶒闲飞橘林。

烟里歌声隐隐，渡头月色沉沉。

含情咫尺千里，况听家家远砧。

春情寄子安

鱼玄机

山路欹斜石磴危，不愁行苦苦相思。

冰销远涧怜清韵,雪远寒峰想玉姿。

莫听凡歌春病酒,休招闲客夜贪棋。

如松匪石盟长在,比翼连襟会肯迟。

虽恨独行冬尽日,终期相见月圆时。

别君何物堪持赠,泪落晴光一首诗。

寄李亿员外（又名《赠邻女》）

鱼玄机

羞日遮罗袖,愁春懒起妆。

易求无价宝,难得有心郎。

枕上潜垂泪,花间暗断肠。

自能窥宋玉,何必恨王昌。

青衫倘有济时心
苏轼《与元老侄孙》

在海南的椰林上空，太阳已经升得老高了，苏轼的载酒堂中传来的琅琅读书声也渐渐变成了散学的喧闹。授课结束，学生们都分散回家，还要帮家里干活呢。苏轼收好讲课的书籍，取来纸笔，端坐下来开始写信。今天陈浩秀才就要离开海南远赴京城了，他说能帮我带信到京城。住在京城的侄孙元老，很久没有和他通信了，不知他可好啊。想到这里，苏轼提笔写下一行字：

侄孙元老秀才，久不闻问，不识即日体中佳否？

苏元老，是苏轼的侄孙，从血缘关系来看算不上是特别亲密的家人。苏轼贬谪海南，身处天涯海角，与家人朋友的通信往往受阻，现在难得有机会可以带信，他都不忘这位侄孙，那说明苏元老对他来说是很重要的人。为什么呢？这位苏元老很小就死了父亲，缺乏照拂，但他热爱读书，还写得一手漂亮的文章。看到家族中有这样志向高远又发愤图强的后辈，作为祖辈的苏轼和苏辙非常高兴，认为是可塑之才，苏门新秀，因此经常和他交流。尽管苏轼被贬谪海南，见面交流的机会少了，书信往来也不是太方便，但他只要有机会，就给苏元老写信，鼓励他，帮助他。在另一封写给元老的信里，苏轼就对元老的读书作文提出了殷殷期盼，他说：

> 侄孙近来为学何如？恐不免趋时。然亦须多读书史，务令文字华实相副，期于适用乃佳。

《与元老侄孙》四首之三

苏轼为什么要这么细致地询问元老的学习情况呢？北宋时期流行西昆体和太学体，前者追求文辞的优美，后者则讲究险怪奇涩，都是只讲形式不讲实质的文体。从欧阳修开始，一些优秀文人极力反对这两类文体，要求文道并重，言之有物，苏轼也是持这样的主张。苏轼生怕元老受到流行的浮华文风影响，因此反复叮嘱，要多读史书，比如《汉书》《后汉书》，还有韩愈、欧阳修等人的文章，一定要"华实相副"，而且最好是能实用，有益于世，不要为了写文章而写文章，要为现实的经世济民服务。通过这样的信件往来，苏轼传递的不仅是关爱，更是人生志向和经验，而苏门的家风就是这样树立起来的。

问候了元老，苏轼再顺带提及家族的其他人：

> 蜀中骨肉，想不住得安信。

四川的家人，我都得不到他们安好的消息，希望你能够把我的问候传递给他们，也希望你在回信中告诉我他们的近况。苏轼兄弟一生足迹踏遍大半个中国，自从二十来岁离开家乡赴京赶考开始，他们在蜀中居留的时间就非常短暂，尤其是在父母都已去世之后，在漫长的几十年岁月里，苏轼再也没有回过家乡。对于苏轼这样一个"此心安处是吾乡"的人，他对家乡的执念并不很强，他的诗文谈到蜀中的家乡、家乡亲人的，其实并不多。可是，从小在蜀中长大，家乡、家族、家人，为苏轼奠定了一生的底色。

苏轼小的时候，父亲苏洵浪子回头，四处游学，常年不在家，教育苏轼兄弟的责任，自然就落在了母亲程氏夫人的肩上。据苏辙后来的回忆，母亲"生而志节不群，好读书，通古今，知其治乱得失之故"（苏辙《坟院记》），因此她带着孩子们读那些有古今大义之书。有一天，她带着孩子们读到了《后汉书·范滂传》，她禁不住发出一声长叹。范滂是谁呢？他是东汉后期的一位士大夫，为官清正廉洁，并且嫉恶如仇，因得罪了当权的宦官而被杀害。临刑前，范滂的母亲来和他告别，他请求母亲原谅自己不能为她养老送终，也希望母亲能够节哀，儿子死得其所。范滂的母亲说，能有你这样的儿子是我的骄傲。当性命和气节不能兼得的时候，理应舍生取义。苏轼母亲读到这里，发出感叹，这引起了苏轼的思考。苏轼问母亲，如果我将来想要成为一个范滂这样的人，那母亲您怎么办呢？忠孝不能两全啊。程夫人回答说，如果你能做范滂，我为什么就不能做范滂的母亲呢？有了母亲坚定的鼓励，苏轼从小就立下了成为范滂这样的人的志向，这成为他此后几十年人生的根基。苏轼所处的时期，是中国历史上党争最为严酷的时期之一，在两党互相倾轧之中，直道而行的苏轼经历了太多的波折，可无论处境如何困窘，面临怎样的危险，哪怕是生命的危险，他也"不改其度"，坚持做自己认为正确的事情。这是蜀中对于苏轼的意义。他给侄孙元老写信，再次提到蜀中骨肉，这表面上看起来是写信问候的套话，我好久没有家乡亲人的消息了，我很想念他们，但更深层的含义，是希望二十出头、离开家乡不久的元老，不要忘记蜀中的家族门风。他让元老多读史书，也是希望这些在蜀中就给自己留下深刻烙印的书籍，也继续影响家族后人。

说完问候对方的话，苏轼笔锋一转，开始介绍自己最近的情况。苏轼自称"老人"，说"老人住海外如昨"。我还继续在海外住着。宋代所说的"海外"跟我们今天的不一样，苏轼被贬到海南，从陆地到海南岛需要穿越海峡，人们便把海南岛也称为"海外"，视之为蛮荒之地。宋代有很多被贬的官员，但是一般来说，往南贬到广东，像苏轼上一次被贬到惠州，就已经是特别严重的处罚了。而海南，这个需要渡海而去的"海外"，那是大宋最最蛮荒的边陲。在苏轼之前，宋代没有哪一个高级官员被贬谪到那里去过，苏轼是第一个。当时苏轼已经六十多岁，的确是个老人了，在出发的时候，即便乐观如他，也认为自己再也没有机会生还。当时的情形，是"子孙恸哭于江边，已为死别。魑魅逢迎于海外，宁许生还？"（《到昌化军谢表》）垂老投荒，面对着陌生未开化的地点，前路未卜，而身后，那些政治上的对头们，现在当权的那些人，不知道还会在什么时候想出什么办法来折磨我这把老骨头，他们会允许我活着回去吗？苏轼说"魑魅逢迎于海外"，这个"魑魅"，一方面是对大海、海南这些未知世界的恐怖想象；而另一方面，则是暗喻他人生路上那些不置他于死地不罢休的政敌。所以苏轼此去，已经是心如死灰，做好了葬身海外的准备。他出发之前就已经安排好了后事，并且打算一到海南，第一件事就是给自己买好棺材,第二件事则是买墓地。带着这样的心情,他来到了海南。

　　到了海南之后,苏轼发现这里比他想象的还要糟糕。以前在广东惠州,已经觉得那里潮湿、溽热,非常容易生病,可海南竟有过之而无不及,尤其是雨季的时候,东西都会腐坏掉,更何况人的肉身,如何承受得了。因此苏轼有些悲观地在信中写道:"不知余年复得相见否。"也许他很快就会在这样的严酷气候中离世,再也见不到元老,也再也见不到他的弟弟、儿子们。但这还不是全部,除了气候不好,这里还"食无肉,病无药,居无室,出无友,冬无炭,夏无寒泉",说了这么多没有都还没说完,数不胜数,"大率皆无尔"(《答程天侔》),基本上可以说是要什么没什么。苏轼居住的环境也很差。他刚去的时候是租住的朝廷的房舍,不仅不好,而且总是需要和相关官员打交道,而那些善于见风使舵的官员会怎样对待这位孤苦无依的落魄老人,可想而知。在书信中苏轼用了"旅况牢落,不言可知"几个字,牢落,就是落魄、孤寂,这八个字背后的辛酸苦楚,欲语还休。后来苏轼好不容易攒了一点儿钱,他就到一片桄榔林下,买了一块地,一些当地的学生一边跟着苏轼读书,一边帮着他造起了几间简陋的屋子。不仅屋子简陋,而且它所处的地方是在一个很大的污池的旁边,但是苏轼毫不介意,他觉得这个家特别好。喝醉了酒不认识回家路时，还可以"但寻牛矢觅归路，家在牛栏西复西"（《被酒独行》）。顺着一路的牛屎，寻着味儿，就找到自己家了。

苏轼是如此随遇而安，但现实总是给他不断地出难题，让他不得安宁。在他写这封信的时候，苏轼说，海南物资不足，生活艰难，让我都瘦了，我和过儿两个人过得就像苦行僧一样：

> 又海南连岁不熟，饮食百物艰难，又泉、广海舶绝不至，药物酱酢等皆无，厄穷至此，委命而已。老人与过子相对如两苦行僧耳。然胸中亦超然自得，不改其度。

苏轼这番被贬海南时，妻子王闰之已去世四年，爱妾朝云也在一年前病逝于惠州。这位孤独的老人只带了小儿子苏过一起到海南，其他家人都留在了惠州；弟弟苏辙则被贬到同在广东的循州。惠州、循州隔得不远，家人们互相倒还有个照应，生活不至于太过艰难。可是自己和小儿子苏过在这海南，生活就要困难很多了。不过，在苏轼的一生中，最不缺的就是困难，他最不怕的也是困难。所以他说，虽然我们过得像苦行僧一样，但是你不用担心，我们"胸中亦超然自得，不改其度"。超然自得，是苏轼面对困难时的法宝，也是最为后人所称道之处。当他被贬湖北黄州时,他有"竹杖芒鞋轻胜马,谁怕?一蓑烟雨任平生"的超然;当他被贬广东惠州时,他又有"日啖荔枝三百颗,不辞长作岭南人"的超然;在山东密州时他甚至亲自建造了一座超然台,"起舞弄清影,何似在人间"便是写于这超然台上。因此,在海南遇到困难,苏轼依然可以超然自得。

苦行僧没肉吃。苏轼是个美食家,没肉吃那可不行,可是海南确实没什么肉吃,大概一个星期才能吃上一顿猪肉,半个月能吃上一顿鸡肉就不错了,当地人顿顿都吃芋头。苏轼说我想吃肉,怎么办,当地人就推荐苏轼吃熏鼠烧蝙蝠。不过,经过苏轼的一番探索,他发现这海南靠海得吃海,最好吃的东西是蚝,也就是牡蛎。他专门写了一篇文章《食蚝》来讲怎么吃牡蛎。把许多的牡蛎剖开,放进水里,再加点酒,一起煮,特别好吃。还有更好吃的呢,把大只的牡蛎拿来烤了吃,那简直就是人间至味了。末了,苏轼还不忘俏皮一回,他说我一直告诫我的儿子苏过,叫他不要随便告诉别人这牡蛎好吃,特别不能传回北方去,不然要是朝廷里那些人知道了,都想着来吃,就会争着被贬谪到海南来,把我的好东西都给分没了。别人避之犹恐不及的事情,在他笔下成了天大的好事,真是无可救药的乐天派。

所以,苏轼在信里说物资不够,我都瘦了,如果仅仅是他个人的生活物资不足，瘦了，他一定会用轻松、戏谑的口吻去讲，比如没有米吃我可以吃阳光来止饿，或者太瘦了身体轻飘飘的我就可以骑上黄鹤像仙人一样飞翔，这些话都是苏轼曾经说过的。可是他在这封信里却是非常郑重地说"饮食百物艰难"，"药物酱酢等皆无"，吃的、喝的、药品、咸菜、酱醋等，都严重缺乏，这就显然不是着眼于自己的个人经历，而是在陈述黎民百姓普遍的生活状况了。百姓的生活困苦，是苏轼最为牵挂的事情。

对海南百姓生活的问题，苏轼从去到那里就开始想各种办法。比如药物的缺乏，当地人生病了也不太会治疗，而是"椎牛祭鬼"（《儋县志》），把非常珍贵的牛给杀了来祭祀鬼神。作为一个宋代典型的精英知识分子，苏轼是过读医书、精通医学的，还曾经编过医书《苏学士方》。所以他就亲自给当地人看病，还教给他们怎样在海南丰富的野生植物中去寻找药材。可以说，苏轼开了海南中医学的一个重要源头。

苏轼认为这种愚昧的根源在于文化落后，因此他利用自己在文化上的能力和号召力来帮助海南改变文化面貌。他在自己的家中开设学堂，亲自编写教材教授当地的孩子。在他的载酒堂中，每天都能传出琅琅读书声，这书声就像文明的星星之火，不仅照亮了儋州的文化荒野，海南岛上的其他各州，甚至远在广州的学子也慕名而来。在他的培养下，海南历史上产生了第一位进士——姜唐佐。苏轼就像一位文化使者，将文明的种子播撒在南荒大地上。

他还发现海南当地主要以香料的买卖为业，不太从事耕种，因此荒地很多，耕种所出产的粮食远远不够养活当地人。那百姓吃饭怎么办呢？主要依靠从泉州、广州出发的船只运来粮食，再买走香料，通过这样的交换来得到食物。可是，一旦天气持续不好，商船就会很久都不经过海南，"泉、广海舶绝不至"，这就会让海南百姓吃不饱饭。对这种情况，苏轼忧心忡忡。他一方面劝告当地人开荒种地，给他们讲道理、读文章，让他们知道农业的重要性，但是他个人的影响是有限的，因此另一方面，他大量地写文、写诗、写信，广泛地呼吁各种有可能产生影响力的人物、力量，来劝导当地人进行农业耕种。比如他曾请求海南的一些和尚帮忙向当地人宣传农业。而这一封写给居住在京城的侄孙的信，恐怕也是希望苏元老在自己力所能及的范围内，帮助呼吁，从而影响海南的政策。元老当时是在准备科举考试，苏轼以"秀才"相称，说明还没有考中进士，但他在京城的交游圈，也许会有一定的影响力。苏轼这个时候是只要能抓住一点机会去呼吁、宣传，他就不会放过。因此，在这封短短的家书当中，他就花了大约四分之一的篇幅来讲述海南百姓生活的困顿。

苏轼的一生是超然的，所有的困难他都可以一笑而过，他的诗文也总是给人旷达超越之感。他唯一无法超然的，就是百姓的困苦。他每到一处都在为百姓做实事。在黄州，他收养弃婴，成立救儿会；在杭州，他疏浚西湖，修建苏堤，创立公办医院；在惠州，他设计了将泉水引入城中的自来水供水系统，为了惠州百姓建桥，他甚至撺掇着让弟媳把皇帝赏赐的金币捐了凑足建桥费……林语堂说苏轼是"黎民百姓的好朋友"，的确如此，无论在朝为官，还是贬谪蛮荒，他都全力为百姓奔走呼喊，"不改其度"。

苏轼这样的志向气节，得到了时人极大的认可。北宋谏臣刘安世在晚年时曾说，要评价一个士大夫，一定要看他的"立朝大节"如何，也就是在朝为官的大气节、大义，如果一个人大节有亏，即便在细小的事情上做得非常好，也不能挽回大节的不足。以此为标准，在他看来，在立朝大节上最值得敬佩的人就是苏轼。王安石变法，引发了支持新法的"新党"和反对新法的"旧党"之间的对立。人们把苏轼定性为旧党，为什么呢？因为他认为王安石变法有很多政策是在和百姓争利，就站出来反对与民争利的新政，因此新党就认定他为政敌，几乎想把他除之而后快，但苏轼毫不畏惧，坚持心中的正义。可是元祐年间当旧党得势的时候，旧党想要把新党的政策全部废除，重新被起用的苏轼却站出来为新政说话，说有一些新政取得了好的效果，对百姓有利，那就不能一概废除，这又导致旧党也排挤他。因此，刘安世认为，苏轼绝不是那种随波逐流的人，不给自己选边站，只对事不对人，对百姓有利，他就支持，对百姓有害，他就反对，坚持自己认为正确的事情，决然而行，绝不退缩。

可是正如刘安世所说，苏轼因为自己的坚持大义，在那个党争激烈的环境中，哪一党都容不下他，有的人排挤他，有的人甚至视他为眼中钉肉中刺，巴不得抓住他的把柄再参他一本。而这种针对苏轼的挑刺行动又有扩大之势，凡是和苏轼有关的人都被盯得紧紧的。因此，在写给元老的信的最后，苏轼不忘叮嘱元老：

> 侄孙既是东坡骨肉，人所觑看。住京，凡百倍加周防，切祝切祝！

元老啊，你是我的骨肉至亲，有许多人都盯着你的一言一行呢。尤其是现在，你又住在京城，一举一动都容易落入别人的眼中，成为你的把柄，所以行事一定要小心防范，切记切记。

这句话，是历经了政坛腥风血雨之后，花甲老人给初出茅庐的年轻后辈最为深重的嘱托。

　　这位二十出头的年轻人，也许让苏轼想起了自己二十出头的时候。那时苏轼刚刚考中进士，又得到了文坛领袖欧阳修等人的大力推荐，前途一片光明。就连当时的皇帝宋仁宗，在见到苏轼兄弟俩之后，都感慨说这将会是两位清平宰相。可他如何能想到，仅仅几年之后，政治风云变幻，苏轼就被卷入复杂的党争。当政治主张上的对立演变为权力的互相倾轧、你死我活的时候，直道而行又锋芒毕露的苏轼，成了两党斗争中的焦点。他的一言一行，都会被放大挑刺，甚至他的诗文也都被挖出来成为"文字狱"，酿成了震惊天下的"乌台诗案"。"乌台诗案"差点要了苏轼的性命，最终死罪虽免，活罪难逃。他不断地被贬谪，从黄州到惠州，再到如今的儋州。站在人生快要到尽头的地方，回过头去看曾经走过的路，苏轼对自己的行为一点儿也不后悔，"九死南荒吾不恨，兹游奇绝冠平生"（《六月二十日夜渡海》）。那几乎要成为自己葬身之地的地方，却被他视作诗和远方。虽然又老又穷，但自己的一生都坚持"道理贯心肝，忠义填骨髓"（《与李公择》），即便生死之际也"不改其度"。可是，他不想把家人给拖累了。元老，他的侄孙，家族的后辈，仅仅因为他是我苏轼的后辈，别人的眼睛就会都盯着他。元老也是个有苏氏门风的孩子，他为人耿介，如果言行稍有不慎，就可能重蹈苏轼的覆辙，走他那样坎坷艰辛的路。苏轼当然不希望那样。就像他在《洗儿》诗里所写："人皆养子望聪明，我被聪明误一生。惟愿孩儿愚且鲁，无灾无难到公卿。"这首诗看起来是在说希望孩子愚昧迟钝一些，但实际上重点在于最后一句话，他多么希望他的后代们能够走一条顺顺利利的路，无灾无难做到高官。这恐怕也是天下父母共同的心愿。父母们总是像苏轼这封信这样，给孩子很多很多的叮嘱，希望孩子可以避开父母吃过的苦，受过的难，走过的弯路。

可是孩子之肖父母，身教胜于言传。苏元老没有在苏轼身边长大，只是一个侄孙，但苏门家风、苏氏榜样的力量对他的影响显然是很大的。元老在收到这封信后不久就考中了进士，像他的两位叔祖一样，开启了仕途。他谨记苏氏为国为民的家风，从国子博士，做到成都路转运副使、司农、卫尉、太常少卿。也许是苏轼对元老的叮嘱起了作用，元老在对人待物上，比苏轼和顺了很多，但在其温和的外表之下，他继承了苏轼刚劲的内心，坚持自己认为正确的事情，"不改其度"。当然，可想而知，他也得罪了不少人。其中一位是宦官梁师成。梁师成是徽宗身边极为宠信的人，手握大权，无恶不作，被人称为"隐相"。梁师成喜欢附庸风雅，爱好文学艺术，他甚至宣称自己是"苏氏遗体",即苏轼流落在外面的儿子,想要来找苏元老认亲,顺便让苏元老写文章吹捧他。苏元老坚决地拒绝了他,随即便遭到了报复。梁师成身边那群趋炎附势之人纷纷上书想要弹劾罢免苏元老,可是从他的政绩上又找不出什么瑕疵,怎么办呢?想来想去,最后找到一个借口,说苏元老是苏轼兄弟的侄孙,他的言论和学术都在效仿苏轼、苏辙,肯定是元祐党人的余孽,因此不适合在朝廷里做官。仅仅基于这样一个令人啼笑皆非的推测,就将他贬了官。被贬官的元老道:因为家族而受牵连,让我的名声得以附着于苏轼、苏辙两位祖辈之后,这根本不是我的耻辱,简直是我的荣耀!

苏元老遭受贬谪之后没过多久就去世了。倒是当年在海南以为自己命不久矣的苏轼,后来竟然等到了大赦天下的一天。他终于结束了贬谪的生活,回到内陆,甚至有传闻说他即将升任宰相。在他到达江苏金山寺时,又看到了寺中悬挂的朋友李公麟当年为他画的像。看着自己的画像,苏轼感到恍如隔世,心中慨叹万千。已是白发萧散的他颤巍巍地提起笔,写下对自己一生的总结:

> 心似已灰之木,身如不系之舟。
>
> 问汝平生功业,黄州惠州儋州。
>
> 《自题金山画像》

任由身体飘泊不定，心中早已是寂然不动，澄明清澈。若要问我人生中最大的功业，自是存于被贬谪的黄州、惠州和儋州。

历来评价此诗，认为苏轼是在自我调侃，或是在感叹人生的悲惨境遇。但从另一个角度看，苏轼一生超然，但他始终"不改其度"的，是为百姓奔走。尽管苏轼做过礼部尚书这样的高官，可与百姓最密切往来、为百姓办实事最多的，反而是这三处贬谪时期。平生功业，官位俸禄又算得了什么，名利皆当速朽，功业自在民心。

与元老侄孙

苏轼

侄孙元老秀才，久不闻问，不识即日体中佳否？蜀中骨肉，想不住得安信。老人住海外如昨，但近来多病瘦瘁，不复往日，不知余年复得相见否？循、惠不得书久矣。旅况牢落，不言可知。又海南连岁不熟，饮食百物艰难，又泉、广海舶绝不至，药物酱鲊等皆无，厄穷至此，委命而已。老人与过子相对如两苦行僧耳。然胸中亦超然自得，不改其度，知之，免忧。所要志文，但数年不死便作，不食言也。侄孙既是东坡骨肉，人所觑看。住京，凡百倍加周防，切祝切祝！今有书与许下诸子，又恐陈浩秀才不过许，只令送与侄孙，切速为求便寄达。余惟千万自重。不一一。

留取丹心照汗青

文天祥《与妹书》

南宋灭亡之后，在元大都燕京一个半地牢中，关押着南宋丞相文天祥。他尽管眼睛不太好，但每天都坐在唯一透出光亮的窗前，"风檐展书读"，读着他所珍藏的史书。历史上那些忧国忧民的仁人志士，以"古道照颜色"（《正气歌》），为文天祥带来无尽的力量。而这一天，他手中还多了一纸薄薄的信笺。信纸已经被泪水湿透，他拿着信笺的手也止不住地颤抖。这是来自他的女儿柳娘的来信。在大约三年以前的空坑之役中，文天祥兵败被俘，自此和妻女失去了联系，现在他才知道，那场战争让妻女全都被元军俘虏，沦为官奴。这些年，她们都过着怎样一种囚徒般的生活啊！

文天祥捧着女儿的信，心如刀绞，泪如雨下。女儿的来信分明是在求救。文天祥很清楚，这封信的背后，是元朝廷的意思。妻女的命运就在文天祥的一念之间。如果文天祥愿意投降，不仅自己将会是高官厚禄，妻女也将摆脱如今生不如死的境地，有享不尽的荣华富贵。如果他不投降……想到这里，他的心猛烈地痛起来。他提起笔，又放下。他不知道该怎样面对妻女，怎样给女儿回信。心中的疼痛扩散开来，传遍了肝胆肠胃。他再次提起笔，转而给妹妹写下一封信。

收柳女信，痛割肠胃。人谁无妻儿骨肉之情。

通过妹妹去侧面回应女儿，这让文天祥说话容易了一些，但这仍然改变不了抉择的痛苦。妻子和女儿，是他在这世间最亲的家人，她们都是那样美好，那样值得被宠爱，作为丈夫、父亲，我怎能眼睁睁看着她们受凌辱？可是，我又怎能投降？

今日事到这里，于义当死，乃是命也。奈何！奈何！

命运让我不得不面对最艰难的抉择，在小家和大国之间，亲人和气节之间，无论多么无可奈何，我的选择都坚定不移，"于义当死"。赴死的决心是不可改变的，那妻子女儿怎么办呢？选择越是坚定，文天祥的痛苦就越是深重。他再度沉默了，愧对妻女，我还好意思对她们说什么呢？

途中有三诗,今录至。言至于此,泪下如雨。

还是让诗句替我说出我想说的话吧。在这封《与妹书》中,文天祥誊录了三首诗,但因为其中的《乱离歌》是组诗,实则有八首,都是文天祥写给家人,也写给自己的哀歌。

在写自己的那一首哀歌中,文天祥起句就感慨自己生得不是时候:

我生我生何不辰,孤根不识桃李春。

文天祥为什么说自己生不逢时呢?

文天祥生于1236年,南宋理宗时期。整个南宋历时一百五十多年,在军事和政治上都显得风雨飘摇。它长期偏安于江南,在强敌环伺之中,几乎时时刻刻不是在被揍,就是在准备被揍。但文天祥出生之时,南宋刚刚经历了难得的片刻安宁。宋理宗亲政之后,立志中兴,采取了一系列改革措施,朝政趋于稳定。他还联蒙灭金,结束了宋金之间长达100余年的对峙,靖康之耻得以洗雪,朝野精神为之一振。

当然,这种安宁很快就被打破了。南宋发现,赶走了一头狼,却引来了一只更强大的虎。宋蒙之间,又爆发了战争。

但在文天祥出生的江西吉州,此时,灭金的振奋还在乡野间回荡,宋蒙的战争暂时还没有对这里产生太大的影响。文天祥就是在这样的环境中来到世间的。他原名文云孙,是家中长子。在他之后,还有三个弟弟和三个妹妹。文天祥在狱中所写的这封《与妹书》的收信者,就是他的大妹妹文懿孙。兄妹们从小在父母的悉心呵护下长大,家庭幸福,亲情浓厚。父亲文仪是对文天祥影响最大的人。文仪鄙视功名,但好学而渊博,常常"散尽黄金为买书"(李迪《挽文朝奉》),为了买书甚至连衣服都舍得典当。文仪亲自教孩子们读书,不允许孩子们偷懒作假,要求很严格。但在严父形象之外,文仪又是一个善良仁厚的人。文家经济条件原本还不错,由于文仪没有做官,家庭条件慢慢就不如从前了,但他仍然乐善好施,仗义疏财。在家乡瘟疫流行的时候,无数穷人病死,却没钱安葬。文仪当时正好准备了很多木材,打算盖房子,看到这种景象,他立即让人把木材做成棺材,免费送给没钱的人家,让穷困病死者得以安葬。他说,我可以没有新房子住,但这些人不能曝尸街头。文仪的慈善行为还有很多,乡里人都称他为"有德君子"。父亲的学问和品行,都深深影响着文天祥。

家乡风气也同样影响着文天祥。文天祥的家乡吉州,历来人才辈出。有一次,幼年的文天祥在吉州的学宫中看到了其中供奉着的乡贤欧阳修等人。文天祥发现,这些乡贤的谥号里都有"忠"字,便非常仰慕,说,如果不能成为他们当中的一员，就算不得大丈夫！

人在童年、少年时期所受的教育，往往会对其一生的道路产生根本性的影响。文天祥便是如此。从小其乐融融的家庭让他充满了对家人的爱和责任感，而教育和乡风的熏陶又让他早早就明白了人生的意义和肩上的使命，就像他在《与妹书》的诗歌中所写，"我为纲常谋，有身不得顾"。这样的志向，成为他一生的坚守，也成为他在两难境地中矛盾痛苦的来源。

当文天祥21岁参加科举殿试时，南宋已经不可遏制地走在迅速衰亡的路上。朝堂上充斥着奸臣佞相，理宗皇帝也逐渐厌倦了看不到起色的政事，沉湎于醉生梦死的荒淫生活之中。也正是因此，当理宗看到文天祥洋洋洒洒上万言的对论策时，止不住兴奋起来，拍案叫绝。文天祥以"法天不息"为题，对南宋当前所面临的困境——做了深度剖析，针砭时弊，切中要害，并且指出朝廷应当自强不息、锐意改革。这篇策论对病入膏肓的南宋来说，无疑是一副对症祛病的良药。宋理宗特别开心，他仿佛看到了这个人将力挽狂澜，改变颓势，复兴指日可待。他兴奋地说："此天之祥，乃宋之瑞也！"他简直是上天赐给大宋的祥瑞！理宗迫不及待地提起御笔，在文天祥的卷子上写下四个字："头名状元"。而这位叫文云孙的状元，也就此改名"天祥"，字"宋瑞"。

放榜的那天，状元文天祥走入集英殿，站在宋理宗面前。理宗皇帝一看，更是欣喜！这状元不仅才华了得，而且身材伟岸，相貌堂堂，目光炯然，气质非凡，更重要的是，他还非常年轻，才21岁，还有大把的青春可以为国奋斗。果真是上天赐给大宋的祥瑞！理宗皇帝对国家的前途又充满了信心。

这样来看，南宋得到文天祥，可以说是正逢其时。为什么文天祥却说是"我生我生何不辰"呢？

就在文天祥刚刚成为状元，在京城的各种状元仪式都还没完成的时候，陪同他进京赶考的父亲就在客栈不幸病逝了。文天祥和二弟带着父亲的灵柩回到家乡，守丧三年。就在这三年里，蒙古军队对南宋步步进逼，但在攻打钓鱼城时，被称为"上帝之鞭"、所向披靡的大汗蒙哥竟然兵败身死。蒙哥一死，蒙古内部为了汗位抢得不可开交。当时，忽必烈正在攻打湖北鄂州，他听说蒙哥死了，也无心打仗了，要赶回去争夺汗位。对鄂州的南宋军队来说，这简直是天赐良机。然而，当时的南宋宰相贾似道却主动向忽必烈求和，说愿意称臣，并且要把长江以北的地方都割让给蒙古。忽必烈当然乐得接受了。暗地里做完这番丧权辱国之事后，贾似道却瞒着宋理宗，压根不提自己的求和，反而趁着忽必烈急着往回赶的时候把最后落单的一些蒙古士兵杀了，向理宗报告说自己一个人打了胜仗，逼得蒙古军队落荒而逃。

当文天祥再度来到京城的时候，正是朝廷上下沉浸在这大捷的喜悦之中，继续安心享受西湖歌舞的时候。可是忽必烈在争得了大汗的位置后，缓过神来，便想起了贾似道跟他议和的承诺。你不是说南宋要对我称臣吗？你不是说要把长江以北都给我吗？怎么还不兑现呢？而贾似道这边呢？他把知情人都关押起来，对皇帝说忽必烈满口胡言，我打了胜仗怎么可能还对他称臣割地？双方对不上，谈不拢，就给了蒙古军攻打南宋很好的借口。面对这样的内忧外患，文天祥一次又一次地站出来，斥责奸臣误国。可理宗早已昏聩糊涂，不但奸佞之臣没有得到处罚，反而是文天祥多次被贬，远离了朝廷。就这样，南宋的国土一天天被蚕食，变得越来越小。

宋恭帝德祐元年，此时元朝已经建立，势不可挡地继续向南发展。这年春天，元军兵临建康城下，江南告急，宋廷危在旦夕。皇帝不得不下诏，令天下兵马勤王。

文天祥此时正在江西赣州任知州，接到诏书的他痛哭流涕。当年理宗不听他的，度宗不听他的，现在4岁的小皇帝仍然依靠着奸臣贾似道。国家走到今天这个地步，恨不能将奸臣千刀万剐。可我还能做点什么呢？

就在他一筹莫展的时候，他的家人站在了他的身后。首先站出来的是他的母亲。"母尝教我忠，我不违母志。"这是文天祥在《与妹书》中写母亲的诗句。文天祥的母亲曾氏，出身书香门第，知书达理。她深知国亡便无家的大义，支持文天祥为国尽忠，让他变卖家中全部田地、捐出全部家财作为军费，招兵买马。文天祥的妻子欧阳氏也支持他。妻子是文天祥在白鹭洲书院读书时山长的侄女，婚前婚后，可以说没过过苦日子，但在此时，她也站出来，支持丈夫毁家纾难。此后，母亲和妻子、孩子们只能跟着文天祥的军队辗转奔袭，颠沛流离，无家可归。也许她们也曾担心和纠结过吧，然而国难当前，她们依然坚定地选择了大义。

很快，文天祥就聚集了万人的兵众。宋廷得知后，命他立刻率军奔赴，保卫临安城。文天祥的朋友劝他说，你还是别去了，你看元军兵分三路攻打过来，而你只有区区万余人，还都是刚刚集结起来的乌合之众，你这一去，跟羊入虎口有什么区别？文天祥说，我何尝不知道会是这样呢？可国家有危难之时，保家卫国是我们每个人的责任。我现在的确是自不量力，是明知不可为而为之。但哪怕我以身殉国了，天下忠臣义士一定会有闻风而起者，响应的人越来越多，力量越来越大，国家就可保了。

事情果然如文天祥所料，在他的义举感召之下，各地人民纷纷响应,等到文天祥的大军抵达临安的时候,这支爱国义军的人数已经达到三万余人。然而面对二十多万元军,再加上朝堂内君臣无法齐心协力,愿意抵抗的少,想要迁都、逃跑甚至投降的多,文天祥的种种建议得不到采纳,最终兵败。

不得不和元军议和了,可谁去呢?文天祥又临危受命,被升任为右丞相,作为使臣到元军主帅伯颜帐下议和。在伯颜面前,文天祥据理力争毫不畏惧,想要尽可能地为国家争得最大的利益。伯颜见惯了那些唯唯诺诺卖国求荣的南宋官员,现在见到不卑不亢的文天祥,非常惊讶。他知道这是个人才,不想让他再回到宋廷,而希望他能留下为元廷效命。因此,当其他南宋使臣离开的时候,文天祥却被拦下,软禁起来。

很快,南宋向元朝皇帝俯首称臣了。投降的宋恭帝和太后等人都被押送至元大都。文天祥也一起被押送北上。但文天祥从来就不是任凭命运摆布的人。在路上,他找准时机,在几位义士的帮助之下逃了出来。回到南方,"故乡已无家",他辗转多方,终于得以与家人团聚,又在家人支持之下,重新聚集力量,继续战斗。尽管宋恭帝投降了,但南方仍然有一些地方没有归降,宋恭帝的哥哥弟弟又陆续被立为新帝,作为南宋帝系的象征。

文天祥率领的军队在今天赣闽粤交界的这一片山区,利用它相对易守难攻的地势,终于取得了一次对元军的大捷。在这场胜利的鼓舞下,各地纷纷起兵响应,形势一片大好。

但实力的悬殊毕竟是客观存在的事实,待元军集结更重的兵力前往江西,并采用精兵偷袭的战术攻打文天祥的都督府时,文天祥猝不及防,仓皇撤退。文天祥先派人护送母亲和长子道生连夜离开,自己则带着其他家人和疲乏的将士们继续边撤退边抵抗。他们退到一个叫空坑的小村落,在这里,文天祥手下大量的杰出将领和士兵牺牲。眼看文天祥就要被元军抓住,属下赵时赏脱下文天祥的衣服往自己身上一套,坐到轿子里,假称自己就是文天祥,从而让真正的文天祥得以逃脱。而文天祥的家人们,除了已经逃出的母亲和长子,在空坑之战中纷纷遭遇了不幸:大妹夫、二妹夫相继遇害;他的夫人、次子、两个女儿和大妹妹懿孙,全部被俘。空坑之战,于南宋而言,是无数败仗中的一次;而对文天祥而言,几乎成了灭门之难。他把对家人的愧疚与思念,写成六首《乱离歌》,就是抄写在《与妹书》中的那首组诗。

有妻有妻出糟糠,自少结发不下堂,乱离中道逢虎狼。

凤飞翩翩失其凰,将雏二三去何方,何虞国破家又亡。

当国破家亡,我们在战乱中失散,你带着年幼的孩子们能去向何方？前路迷茫，又有怎样的苦难在等着你们？我无时无刻不在思念着你，可却只能像牛郎织女一样，夜夜遥相对望。"呜呼一歌兮歌正长，悲风北来起彷徨。"

有妹有妹家流离，良人去后携诸儿，北风吹沙塞草萋。

穷猿惨淡将安归，去年哭母南海湄，三男一女同嘘唏。

惟汝不在割我肌，汝家零落母不知，母知岂有瞑目时。

妹夫战死，无依无靠的妹妹只能带着孩子零落天涯。都说兄弟姐妹情深，急难之中可以互助互救，可作为兄长，我又能帮助妹妹什么呢？"呜呼再歌兮歌孔悲，鹡鸰在原我何为。"

还有两个可爱的女儿，柳娘和环娘：

有女有女婉清扬，大者学帖临钟王，小者读字声琅琅。

朔风吹衣白日黄，一双素璧委道傍。

如花似玉的女儿啊，正是十来岁最美好的年华。可爸爸却没能保护好你们，愧对你们。"呜呼三歌兮歌愈伤，非为儿女泪淋浪。"

有子有子风骨殊，释氏抱送徐卿雏，四月八日摩尼珠。

榴花犀钱落绣襦，兰汤百沸香似酥，欻随飞蓬飘泥途。

汝兄十三骑鲸鱼，汝今三岁知在无。

没有逃出来的次子佛生，他才三岁，还是在爸爸妈妈怀里撒娇的年龄，如今遭此劫难，幼小的身躯怕是难以承受，文天祥已经预见到，儿子恐怕已不在人世。"呜呼四歌兮歌以吁，灯前老影明月孤。"

"有妾有妾今何如"，我的两个侍妾，佛生和环娘的母亲，天崩地裂之中，美人是否也化为了尘土。"呜呼五歌兮歌郁纡，为尔迎风立斯须。"

至于我自己，生不逢时的我，在乱世之中不得不弃文从武，金戈铁马。不知道哪一天会战死沙场，也不知道那时候还有没有家人收我的遗骸。文天祥仰天长叹，世间哪得两全法，如何能不负家人，又不负大义？他陷入深深的自责，但对于自己的选择，依然毫不后悔，"呜呼六歌兮勿复道，出门一笑天地老。"他以仰天大笑的姿态，将自己的视死如归忠肝义胆，永远地留在了天地之间。

文天祥孤身逃出了空坑，他对元军的实力有了更清楚的认识。他何尝不知道自己的行为无异于螳臂当车，但他依然坚定地明知不可为而为之。他继续召集南宋残余兵力奔往小皇帝所在的广东。在船澳，军中爆发了一场大瘟疫，本就不多的士兵又折损了不少。而文天祥的母亲和长子，也在这场瘟疫中病死了。文天祥由于国家重任在身，甚至都无法严格地按礼制为母亲守丧，只好由两个弟弟和未被俘虏的妹妹带着

母亲的灵柩到惠州安葬。家与国的不能两全再次让他感到不安和痛苦,他只在诗中哭道:

古来全忠不全孝,世事至此甘滂沱。

《哭母大祥》

但他也相信,母亲能够理解他,支持他,"母尝教我忠,我不违母志。"(《邳州哭母小祥》)他做到了母亲希望他成为的样子,这又怎能说不是孝呢?

此时的南宋已经连仅剩的几座城池也接连失守,退无可退,最终在广东新会县外的海上,找到了一座小岛崖山。这座小岛有奇石山作为屏障,是天然险要之地,易守难攻。南宋最后的势力便在这里设立了行朝。

文天祥没有跟随到崖山,他驻守在广东潮阳。元军逼攻潮阳,文天祥最终兵败被俘。被俘之时,他从怀中掏出准备已久的毒药龙脑,吞了下去。但也许是因为放得太久毒药失效,也许是剂量不够大,文天祥只觉头晕目眩、腹泻不止,却无法达成他以身殉国的心愿。就这样,文天祥再一次被囚禁在了元军营中。

元军首领张弘范将要出兵崖山,他让文天祥给崖山守军写信劝降,文天祥一开始不同意,在元军多次强迫索要之下,

文天祥提起笔,写下了自己经过零丁洋时所写的那首诗:

> 辛苦遭逢起一经,干戈寥落四周星。
>
> 山河破碎风飘絮,身世浮沉雨打萍。
>
> 惶恐滩头说惶恐,零丁洋里叹零丁。
>
> 人生自古谁无死?留取丹心照汗青。

《过零丁洋》

这哪是劝降,这分明是以身殉国的誓词!张弘范读到这首诗,非常激动,连连称赞:"好人!好诗!"但他也知道,这封"劝降信",是万万不能传到宋军那里去的,因此他把信搁置下来,继续与宋军对抗。

宋军在崖山拼死不降,与强大的敌人对峙了半个多月。然而,由于被堵死在海上,缺乏淡水,只能取海水饮用。喝了海水之后士兵们上吐下泻,疲乏无力,根本无法战斗。元军则趁着他们虚弱,一举将其拿下。逃亡已是无望,左丞相陆秀夫对小皇帝说:"国家到了这个地步,该是陛下殉国的时候了。"他抱起小皇帝,转身跳入了狂风巨浪之中。那一天,无数文武官员、士兵和宫眷纷纷跟着投海自尽。数天之后,漂浮在海上的尸体多达十几万,惨不忍睹。

崖山行朝的灭亡,标志着南宋失去了最后一线希望,终究是亡国了。张弘范在广州举行庆功宴。他把文天祥请来,并让他坐在正席,以示尊重。席间,张弘范举起酒杯,诚恳地对文天祥说:"宋室已经亡了,您的忠心也算尽到底了。现在,您还要为谁去拼命呢? 如果您愿意回心转意的话,元朝丞相之位就是您的。"

是啊,皇帝都降了,新立的皇帝也都死了,宋朝已经亡了,你还为谁尽忠呢? 你尽忠的对象都没有了。南宋朝臣中,有多少所谓的"识时务者",当初怎样在南宋的朝堂之上表着忠心,如今就依然怎样在元廷之上高呼着万岁。他们对存着的王朝忠,对存着的皇帝忠,他们也是忠臣吗?

文天祥不禁流下泪来,他说:"从来没有听说忠臣会为了存亡而变心。"如果王朝存才忠,亡则不忠,那还有什么忠可言呢? 存亡之际,不正是忠诚最重要的考验吗?

至于为谁尽忠,我尽忠的对象是谁? 仅仅是为了那一家一姓的朝廷吗? 对那个朝堂之上的皇帝俯首帖耳言听计从就是忠吗?

文天祥爱读《春秋》,在《春秋左氏传》里有过一个关于"忠"的故事。晋国国君晋灵公贪图享乐,残忍暴虐,他的大臣赵盾三番五次地对他进谏,希望他改正。晋灵公一怒之下,请了一个刺客鉏麑去刺杀赵盾。行刺的那天早上,鉏麑天还没亮就悄悄潜入了赵盾家，发现门已经打开了，赵盾已经穿好了上朝的衣服，准备去上朝，但因为时间还太早，他就坐下来闭目养神。赵盾的忠于职守感动了鉏麑。鉏麑不忍心下手，退了出来。他想，这样的人，是为民做主的人啊，把"民之主"给杀了，这是不忠。而君王派给我的任务我没有完成，这是不信。我既不愿意不忠，也不能不信，两难之下，"不如死也"。一头撞死在了赵盾家门口的大槐树下。《左传》借鉏麑之口指出，君王让我去做的事情我没有做到这不叫不忠，只叫不信。忠并不是仅仅对于哪个君王，哪个皇帝。忠于职守，忠于人民，忠于国家，这才是真正的忠。

文天祥的气节打动了张弘范，也让元帝忽必烈对他既欣赏又感慨。忽必烈下令好好对待文天祥，护送他入京。

在大都，元廷又派了很多人来劝降，甚至派出早就降元的宋恭帝来劝降。面对宋恭帝，文天祥痛哭流涕，长跪不起，只重复着一句话："圣驾请回。"我不是在为你尽忠，所以你的劝降，对我不起作用。作为君王，你不能以身殉国也就罢了，这世间哪怕只剩下我孑然一身，我也将以一身忠骨和正气，撑起这方天地。

文天祥被囚禁的小土房子，低矮狭窄，昏暗潮湿，尤其在暑热的夏天，种种腐臭腥臊的恶气向他袭来，他不以为意。他说，一个人只要有了正气，也就是孟子说的"浩然之气"，便能够抵挡各种恶气，无论怎样恶劣的环境，都能安然如故，"风檐展书读，古道照颜色"。

文天祥就这样每天读着随身携带的史书，读着杜甫的诗。他酷爱杜诗，甚至将杜甫的诗句分别抽出来重新组合，作了200多首集句诗。杜甫忧国忧民的精神与文天祥跨越时空而共鸣，同时，杜甫所具有的高度的家庭责任感，也打动着文天祥的心。文天祥无论于物质还是精神，都已解脱，但他唯一抛不开的，便是对家人的牵挂。元廷也知道这一点，在所有的劝降手段都没能起作用之后，他们使出了杀手锏，让文天祥的大女儿柳娘给文天祥写信。几年的音信全无，文天祥终于得知了妻子和女儿的下落。得知她们还活着，文天祥是既惊又喜，这毕竟是他仅存的骨肉了；可随即他又痛彻心扉，"收柳女信，痛割肠胃。人谁无妻儿骨肉之情。"难以想象，这几年的官奴生活对她们来说是怎样的灾难，怎样的屈辱。这样非人的生活什么时候才是个尽头？其实尽头并不遥远，只要我肯投降。

文天祥像杜甫一样，陷入了深深的自责，"所愧为人父"（杜甫《自京赴奉先县咏怀五百字》）。杜甫作为父亲，没能保护好家人，让幼子无食而夭折；文天祥作为父亲，也没能保护好家人，让妻女陷入囚徒般的处境。然而杜甫超越了小家的爱,"安得广厦千万间,大庇天下寒士俱欢颜,风雨不动安如山,吾庐独破受冻死亦足"(杜甫《茅屋为秋风所破歌》)。文天祥也是如此。在小家与大国的抉择中,他坚定地选择了后者。不下堂的妻子,婉清扬的女儿,既然无法两全,就只有对不起你们了。

> 我为纲常谋,有身不得顾。
>
> 妻兮莫望夫,子兮莫望父。
>
> 天长与地久,此恨极千古。
>
> 来生业缘在,骨肉当如故。

如果还有来生的话,希望我们还是一家人,我欠你们的,到下辈子,我一定加倍奉还。只是今生,"爹爹管不得"。

文天祥最终求得了一死。临死的时候,行刑者问他:"有什么话讲没有?现在回奏还来得及。"文天祥抬起头四下看看,问道:"哪一边是南?"于是朝南跪下,再拜道:"大宋遗臣文天祥,报答国家到此为止。"

文天祥死后,一个看守他的狱卒发现了他衣带上的遗书。遗书上写着:

> 孔曰成仁,孟曰取义,惟其义尽,所以仁至。
>
> 读圣贤书,所学何事?而今而后,庶几无愧!

这位"天之祥，宋之瑞"，也许并未给大势已去的宋朝带去所谓的祥瑞，但却用他高贵的气节，延续着文明的祥瑞，站成了天地间的脊梁。

与妹书

文天祥

收柳女信,痛割肠胃。人谁无妻儿骨肉之情,但今日事到这里,于义当死,乃是命也。奈何!奈何!途中有三诗,今录至。言至于此,泪下如雨。

邳州哭母小祥九月七日

我有母圣善,鸾飞星一周。

去年哭海上,今年哭邳州。

遥想仲季间,木主布筵几。

我躬已不阅,祀事付支子。

使我早沦落,如此终天何。

及今毕亲丧,于分亦已多。

母尝教我忠,我不违母志。

及泉会相见,鬼神共欢喜。

过淮

北征垂半年，依依只南土。

今晨渡淮河，始觉非故宇。

故乡已无家，三年一羁旅。

龙朔在何方，乃我妻子所。

昔也无奈何，忽已置念虑。

今行日云近，使我泪如雨。

我为纲常谋，有身不得顾。

妻兮莫望夫，子兮莫望父。

天长与地久，此恨极千古。

来生业缘在，骨肉当如故。

乱离歌（六首）

有妻有妻出糟糠，自少结发不下堂，乱离中道逢虎狼。

凤飞翩翩失其凰，将雏二三去何方，何虞国破家又亡。

不忍舍君罗襦裳，天长地久远茫茫，牛女夜夜遥相望。

呜呼一歌兮歌正长，悲风北来起彷徨。

有妹有妹家流离，良人去后携诸儿，北风吹沙塞草萎。

穷猿惨淡将安归，去年哭母南海湄，三男一女同嘘唏。

惟汝不在割我肌，汝家零落母不知，母知岂有瞑目时。

呜呼再歌兮歌孔悲，鹡鸰在原我何为。

有女有女婉清扬，大者学帖临钟王，小者读字声琅琅。

朔风吹衣白日黄，一双素璧委道傍。

雁儿雁儿秋无梁，随母北去谁人将。

呜呼三歌兮歌愈伤，非为儿女泪淋浪。

有子有子风骨殊，释氏抱送徐卿雏，四月八日摩尼珠。

榴花犀钱落绣襦，兰汤百沸香似酥，歘随飞藿飘泥途。

汝兄十三骑鲸鱼，汝今三岁知在无。

呜呼四歌兮歌以吁，灯前老影明月孤。

有妾有妾今何如，大者手将玉蟾蜍，次者亲抱汗血驹。

晨妆靓服临西湖，英英雁荡飘琼琚，风花乱坠鸟鸣呼。

金茎沆瀣浮污渠，天摧地裂龙虎徂，美人尘土何代无。

呜呼五歌兮歌郁纡，为尔迎风立斯须。

我生我生何不辰，孤根不识桃李春，天寒日短空愁人。

北风吹随铁马尘，初怜骨肉钟奇祸，如今骨肉更怜我。

汝在空能撄我怀，我死谁当收我骸。

人生百年何丑好，黄粱得丧俱草草。

呜呼六歌兮勿复道，出门一笑天地老。

读此三诗，便知老兄悲痛真切之情。事至于此，为之奈何？兄事只待千二哥至，造物自有安排。

可将此诗呈嫂氏，归之天命。仍语靓妆、琼英，不曾周旋得，毋怨毋怨！徐妳以下，皆可道达吾此意。当此天翻地乱，人人流落，天数！奈何奈何！

可令柳女、环女好做人，爹爹管不得。泪下，哽咽哽咽。

此诗本仍可纳之千二哥。兄天祥家书，达百五贤妹。

莫怪女儿太唐突

柳如是《寄钱牧斋书》

　　在江苏常熟虞山有两座相伴而立的墓，三百多年来一直受到人们的凭吊，尤其是其中那位女子的墓，墓前总是摆满了鲜花，寄托着后人对她的无限哀思和敬仰。她的墓碑上刻着五个字："河东君之墓"。这位河东君就是明末清初才女，"秦淮八艳"之一的柳如是。在她的墓东边，与她相伴长眠的是她的丈夫，明末清初著名诗人、官员钱谦益。柳如是被称为"河东君"，正是钱谦益给她起的雅号。为什么会有这么一个名字呢？

　　因为柳姓的郡望，也就是这个姓当中最显赫的一支，出自河东郡。唐代诗人柳宗元祖籍就是河东柳氏，因此他被称为

"河东先生"或者"柳河东"。中古以来,人们往往喜欢用一个姓的郡望来称呼这个姓的人,不管他是不是在这里生长,反正认祖归宗就认到郡望上面去。所以,柳如是虽然并不是河东人,到了明末清初要认祖归宗似乎也不是那么好溯源了,但柳姓仍然让人想到河东,因此钱谦益称她为河东君。

但是"河东"这个词又会让我们想到另一个关于女性的典故,"河东狮吼"。这个典故出自苏轼,他的朋友陈慥的妻子也姓柳,脾气比较暴躁凶悍,陈慥显得有点儿惧内,于是苏轼跟他开玩笑,写诗说:

龙丘居士亦可怜,谈空说有夜不眠。

忽闻河东狮子吼,拄杖落手心茫然。

《寄吴德仁兼简陈季常》

陈慥一听到"河东狮子吼",手里的拐杖都能被吓掉,即便正跟朋友聊到兴头上,也马上神情恍惚起来。这个典故太深入人心了,以至于后人在听到"河东"这个词之后,很难不去想到强悍的女性。那么,钱谦益把柳如是称为"河东君",有没有这样一个含义呢?柳如是是"秦淮八艳"之一,秀美、娇艳,这样绝色的美女,从外形上很难跟"河东狮吼"联系起来。不过,说到强悍,如果一个人对命运的不屈服、内心的坚定、不屈的气节、独立的精神也能称为强悍的话,那么柳如是的内在,与她的外形截然不同,的确是个强悍的女子。而且她还曾经通过一封信,以她强悍的意志,改变了钱谦益的人生选择。

这封信写于清初。经历了明末的亡国之痛,钱谦益投降清廷,担任清廷的礼部侍郎,并被定为《明史》编修人员之一。钱谦益去到北京任职,柳如是不愿同去,留在了南方。南北分隔,交流只能依靠书信,柳如是有很多的话想要对钱谦益说。于是她写下了这封既像情书,又像劝谏书,还像绝交威胁书的信。

信的一开头,是以情书的风格出现的。

> 古来才人佳妇,儿女英雄,遇合甚奇,终始不易。如司马相如之遇文君,如红拂之归李靖,心窃慕之。

司马相如和卓文君,红拂和李靖,他们都因为特别奇妙的缘分而相遇,从此倾心相爱。这种爱情,是我所向往的。因此,我也希望我和你的爱情能够始终不变,至死不渝。那么,柳如是和钱谦益是怎样奇妙相遇、倾心相爱的呢? 她在接下来的信中,就做了自己人生的回顾。

> 自悲沦落,堕入平康。每当花晨月夕,侑酒征歌之时,亦不鲜少年郎君、风流学士绸缪缱绻,无尽无休。但

事过情移，便如梦幻泡影，故觉味同嚼蜡，情似春蚕。

柳如是曾经给自己起过一个艺名叫"影怜"，顾影自怜的意思，悲叹自己的身世凄惨。我们已经无从考证她有一个什么样的家庭，只知道应该是贫困的底层。古代底层家庭养不起的女孩儿，要么生下来就成为弃婴，要么很小就被卖掉。柳如是年仅几岁就被卖为奴婢。不幸中也许能算幸运的是，她跟在江南名妓徐佛身边。徐佛在当时很有名气，不仅长得美，而且精通音乐，擅长书画，很受文人才子、达官贵人们喜爱。柳如是受到徐佛的熏陶，加上自己本就聪慧伶俐，很快，她就博览群书，能诗善文，书画也是秀雅绝伦。

她慢慢长大，出落得亭亭玉立。曾经做过宰相的周道登看上了她，把她买下来，作为侍妾。可是这个时候周道登已经六十多岁，而柳如是还不到 14 岁，年龄差距实在是悬殊，周道登对她就像喜欢聪慧的小孙女儿一样，经常把她抱坐在膝上，教她诗词歌赋。这样一来，周道登的其他妻妾就嫉妒得不得了，把柳如是看作眼中钉、肉中刺。周道登活着的时候，妻妾们敢怒不敢言，只能暗暗生气，等到周道登一死，她们就立刻合力把柳如是赶出周家。

14 岁的柳如是无家可归，只能继续流落飘泊，她满腹的才华只能用来为别人佐酒助兴。当然，凭借柳如是的兰心蕙质、多才多艺,觥筹交错之间、轻歌曼舞之中,她已经可以赢得各种"少年郎君、风流学士"的喜爱,身边不乏追求者。她又打出"故相下堂妾"的名号,把别人对她的侮辱光明正大地挂出来——我是曾经的宰相家被赶出来的妾,她们容不下我,气急败坏,只能说明她们是跳梁小丑,而我呢,不屑于和她们一般见识,这反而成了我卓尔不群的标志。这样一来,一方面引起了一些好事之徒的好奇心,想要看一看宰相的妾室是什么样的;另一方面,她的这种不同于流俗的傲气,又吸引了更多社会名流,喜欢她、仰慕她。柳如是说,那段日子里,所得到的喜爱是"绸缪缱绻,无尽无休"。太多人喜欢她,太多人追求她了。但柳如是毕竟不是一个普通的女子,哪怕她跻身于"秦淮八艳"之一,成为众星之所捧,这也并非她所希望的人生。因此她说,这样的生活,其实让自己觉得虚妄,觉得没有意义,"如梦幻泡影""觉味同嚼蜡"。

那她希望的人生是怎样的呢?我们可以从她的名字中略窥一二。柳如是本姓杨,名爱,后来她把名字改为柳隐,有点隐匿身世的意思,又更暗含着自己出尘脱俗的志向。而当她读了更多的书、有了自己独立的思想之后,她又给自己改名叫"如是"。

"如是"二字,出自辛弃疾的词:"我见青山多妩媚,料青山见我应如是。"仅从这一句的字面来看，似乎是在表达柳如是的妩媚——她的确是个妩媚娇艳的女子。但如果仅仅做此理解，那就是看轻了辛弃疾，也看轻了柳如是。这首词题为《贺新郎·甚矣吾衰矣》，辛弃疾在题记里说，这是仿陶渊明"思亲友"之意。为什么思亲友呢？他感受到了自己的孤独、落寞，身边没有可以理解他、与他志同道合的人。这首词上来第一句"甚矣吾衰矣"，是《论语》里的话，孔子在自己晚年的时候说："甚矣吾衰也！久矣吾不复梦见周公！"（《论语·述而》）我已经衰老得很厉害了，我很久都没有梦见周公了。为什么没有梦见周公就表示他衰老得很厉害了呢？孔子的一生，可以说是为了恢复周公所制的礼乐文明而颠沛流离的一生，周公是他的偶像、他的精神支柱。而当他走到人生接近终点的时候，他终于不得不承认，恢复周礼是无法实现了。如果说过去也知道无法实现，但还有明知不可为而为之的勇气和一丝希望，那到这时候，就连一丁点希望、一丁点梦想都没有了，很久都没有梦见周公了。因此他说"甚矣吾衰矣"，最大的衰老不是身体的衰老，而是志向、梦想的衰老。辛弃疾引用孔子这句话，也是在感慨自己的政治理想无法实现了，而自己也衰老了，"白发空垂三千丈"，身边的朋友也是"交游零落"。因此他非常孤独，没有志同道合的人，而他自己又不愿意同流合污，这个时候,还有谁能理解自己呢? 除了遥远的、无法互诉衷肠的亲友,就只有那沉默而崇高的青山了。"我见青山多妩媚,料青山见我应如是。情与貌,略相似。"(辛弃疾《贺新郎·甚矣吾衰矣》)在芸芸众生都不能理解我的时候,我唯一能找到的知音就是这青山。我和它一样仁厚,一样坚定不移,不为功名所动。一个人的名字往往都寄托着希望或者认同,那么柳如是,天资聪颖饱读诗书的一个人,她显然不可能只是从字面上,"妩媚",去理解这句话。她用"如是"作为自己的名字,也就蕴含着她对这首词的情感的认同。孤独、落寞、无人理解又不愿同流合污、像青山一样坚定不移……这种种情绪和精神,是这个身为下贱、低到尘埃里的女子不屈的傲气。她后来的人生证明了,她的确如是。

可怜这样一位内心高贵的女子却身如飘萍。在与各路追求者周旋之中,在纸醉金迷却味同嚼蜡的生活之中,她期盼着能有与她心意相通的人。

幸运的是,她拥有过。柳如是流落松江的时候,常常身穿男子儒服与复社、几社、东林党等文人聚会雅集。因为女扮男装,穿得像儒家士人,因此也被称为"柳儒士"。在那个动荡飘摇的年代,柳如是交往的这些文人都是想要力挽狂澜、把国家从衰颓之中拯救出来的有识之士。在与他们的交往之中,柳如是一方面受到他们的影响，另一方面自己也更多地表现出对天下大事的关心和不凡的见识，展现出外表掩盖之下的人格魅力。她曾经说，如今乱世，正是呼唤英雄的时代，如我身为男子，必当救亡图存，以身报国！一番话，让多少男儿汗颜，也让多少男儿仰慕。复社、几社的代表人物之一，松江陈子龙，就是这样爱上她的。柳如是也爱慕陈子龙的才华卓越、忧国忧民。两人志趣相投，情深意笃。他们长居于松江南楼，谈论天下大势，也诗词唱和，过了一段琴瑟和鸣的日子。然而，不久之后，陈子龙的原配知道了这事，带着一大帮人气势汹汹地闹上了南楼。陈子龙不是没有妾，但陈家认为柳如是身份太过低贱，连做妾都不配。柳如是受不了陈子龙原配的侮辱，尽管非常舍不得这段感情，但也毫不犹豫地离开了陈子龙。后来，陈子龙在与清军的战斗中失败被俘。在被押往南京的路上，他趁看守者不备，突然跳进水中，以身殉国。柳如是后来的行为，可能也在一定程度上受到了陈子龙的影响。

这一次和陈子龙的分手，尽管柳如是离开得很坚决，但对她来说无疑是极大的打击。也许是"曾经沧海难为水"，离开陈子龙之后，她的身边一直不乏追求者，但她一个都没有答应。确实，像她这样果敢慷慨的才女，当时那些只知袖手谈心性的男子也鲜有能配得上她的。在感情的打击之下，柳如是甚至开始对人生感到厌倦，觉得"一身躯壳以外，都是为累"，那些身外之物，无论是名利、繁华、美貌还是爱情，有什么值得眷恋的呢？尘世间所汲汲追求的东西，只是人生的拖累，只会带来更多的烦恼，想要像青山一样宁静而坚定，那就需要放下这一切。那段时间，柳如是"几乎欲把八千烦恼丝割去，一意焚修，长斋事佛"。

这样看破红尘的人生心态，持续了很长一段时间，如果不是被另一个人打破，也许她真的就要遁入空门了。这另一个人是谁呢？就是钱谦益。

钱谦益是明末士大夫当中的佼佼者。他二十多岁就考中进士，并一举夺得探花。他是当时的诗坛领袖，同时又是东林党人的领袖之一。明末党争严重，东林党是其中一党。党争是造成明朝衰亡的重要原因，但在这当中，东林党人追求革新朝政、求真务实，算得上是动荡之中的一股进步力量。在认识柳如是之前，钱谦益已经做到了礼部侍郎，但在官场倾轧中，他又败下阵来。回到家乡的钱谦益听朋友说起柳如是，他立刻就对这个奇女子心生仰慕，但却未能即刻相识。蹉跎了两三年，两人终于见面了。那一天，柳如是依然穿着男子的儒服，女扮男装。尽管这身衣服在一定程度上掩盖了她的绝色美貌，但掩不住的是她的气质光辉。钱谦益对她一见倾心，大喜过望,说她"神情洒落,有林下风"。什么是"林下之风"呢?所谓林下,指的是魏晋之交的名士"竹林七贤"。他们的风度、风范是什么呢?是不慕权贵,精神独立,潇洒不羁。女子而有林下之风,柳如是之前,还有东晋的谢道韫也曾当得这样的评价。尽管谢道韫出身名门,柳如是卑微低贱,但同样的是一身才华,一身傲骨,巾帼不让须眉。钱谦益看柳如是如此,柳如是对钱谦益也同样如此。两人彼此爱慕,彼此敬仰,虽是新知,却像相知多年的朋友一样。回想起这段经历,柳如是的字里行间依然充满了甜蜜的幸福:

> 自从相公辱临寒家,一见倾心,密谈尽夕。此夕恩情美满,盟誓如山,为有生以来所未有,遂又觉入世尚有此生欢乐。

钱谦益的出现让已经心灰意冷的柳如是体会到了前所未有的幸福美满,让她再次感到人间值得,她终于可以不用看破红尘了,这红尘之间,仍是有可留恋之人、可驻足之处的。

可是两个人无论是地位还是年龄,在世俗的眼光看来都是如此的不可匹配。柳如是 23 岁,钱谦益 59 岁;一个是社会最底层的秦淮艳女,一个是金字塔顶峰的科举探花、朝廷高官,太过悬殊。一时间,世俗的标签、凡人的流言蜚语,疯狂地袭击着他们。可这又怎么会影响到本就不同流俗的柳如是和钱谦益呢？钱谦益不仅要娶柳如是，而且要以正室夫人之礼迎娶柳如是。他"挥霍万金"，为柳如是赎身，为她建造"绛云楼""红豆馆"，里面收藏了许多他们共同喜爱的典籍、书画、古玩，还根据佛经"如是我闻"的习语，将自己的住处命名为"我闻室"，来呼应柳如是的名字。婚后二人朝夕相伴，煮酒吟诗，品茶论道，芙蓉帐暖，春宵苦短。"此中情事，十年如一日。"

说到这些，柳如是的嘴角忍不住上翘。一生飘泊沉浮，现在终于找到了一个幸福的归宿，这个美好的女子终于过上了与之相匹配的美好生活。

然而美好总是那么容易被打破。摇摇欲坠的明王朝终于还是随着崇祯帝的自缢而走向了灭亡。回忆到这里，柳如是温柔甜蜜的语气开始变得激昂。

不意山河变迁，家国多难。

清军占领北京，仓促之间，明皇室的残余力量在南京建立了南明小朝廷。柳如是一介女流，却自来有着深厚的家国情怀。她支持钱谦益在南明朝廷出任礼部尚书。但没过多久，清军继续南下，兵临南京城。即将城破国亡，柳如是果断拉着钱谦益走到湖边，说出了那番"你殉国，我殉夫"的壮语。虽然身为女儿，无法征战沙场，但以身报国，国破身死，这样的勇气和大义是柳如是多年坚定的志向。而钱谦益呢？在民间的传说中，钱谦益犹豫良久，走下水试探了一下，又立刻起来，说"水太冷，不能下"。悲愤之下，柳如是独自跃入池中，却被钱谦益和众人强行拦下。这个细节的真实性已经无从考证，但钱谦益就此率领一众官员打开城门、剃发降清。这里边还有一个小故事，在清军要求降臣们剃发的时候，很多人都是抗拒的。因为在传统的儒家文化中，身体发肤受之父母，不敢毁伤，头发是不能随便剃的。有一天，钱谦益突然说，头皮痒得厉害，就走出门去。等他走回来的时候，已经剃了发、留了辫子了。

这是柳如是无法接受的。在气节上，柳如是曾自比为梁红玉。梁红玉是谁呢？她和柳如是一样，也是出身低微，曾是南宋时期的一个歌妓。一次偶然的机会，梁红玉结识了南宋名将韩世忠，她慧眼识英雄，以身相许。后来她帮助韩世忠抗击金兵，甚至亲自披挂上阵，擂鼓进击，真可谓是女中豪杰。柳如是尽管不能像梁红玉一样上阵杀敌，但红妆翠袖之下，大义丹心却和梁红玉是相同的。她曾经以为钱谦益是自己的"同梦之侣，同情之人"（陈寅恪《柳如是别传》），但在改朝换代的关键时刻，钱谦益让她失望了。

投降之后的钱谦益得到了清廷的重用，即将赴京任职。曾经在他前往南京任南明政权的礼部尚书时，柳如是欣然同往。而这一次，柳如是坚持留在了南方。两次截然不同的态度，可以看到柳如是所坚持的气节。待到这没气节的丈夫一走，她便写下了这封家书。有些话可能当面不那么好表达，在信中则可以表达得更准确、更克制，但又更淋漓尽致一些。

这封信在回顾了自己早年的经历、两人的相遇相爱、十年相守，再写到家国多难之后，柳如是的语气再度变化：

> 相公勤劳国事，日不暇给。奔走北上，跋涉风霜。从此分手，独抱灯昏。

这几句话表面来看，是在慰问丈夫，说丈夫每天忙于国事，顶着风霜雨雪的艰苦环境而辛苦奔波，但实际上却是在夹枪带棒地讽刺钱谦益。您可真忙啊，忙着你的名、你的利，连气节都不要了。你选择了名利，那看来我们是道不同不相为谋了。"从此分手，独抱灯昏"八个字，给钱谦益最深的威胁。既然你北上，我南留，我们的志向如此不同，那么不如就此分手吧，你做你的高官，我守我的孤灯。用最温柔的语气，讲最强悍的话语。钱谦益读到这里，不知道是否已经羞愧脸红、汗流浃背了。

但威胁不是目的，分手不是最好的办法。多年的相爱相处，柳如是了解钱谦益，他只是懦弱了一些，应该还有转机。所以接下来，这封从情书变成威胁书的信，又转而变成了劝谏书。

> 妾以为相公富贵已足，功业已高，正好偕隐林泉，以娱晚景。

你已经六十多岁了，做到现在这个份儿上，钱也有了，功名也有了，何必让自己晚节不保呢？不如归隐自然，在江南的美景之中安享晚年。现在的江南，正是春色满园。

> 江南春好，柳丝牵舫，湖镜开颜。相公徜徉于此间，亦得乐趣。

柳如是细致地描绘了江南春好的景色，可春景又怎能不让人联想到杜甫的那句"国破山河在，城春草木深"（杜甫《春望》）。春景时时刻刻都在提醒着我们，国已破，还有什么脸面再享富贵荣华？你回来吧，我陪你。

> 妾虽不足比文君、红拂之才之美，藉得追陪杖履，学朝云之侍东坡，了此一生，愿斯足矣。

我愿意像朝云侍奉苏轼一样，做你的知己，侍奉你的生活，哪怕你的人生就此不合时宜，就此坠入低谷，我也始终追随,无怨无悔。

柳如是的真诚和气节打动了钱谦益,当然,也许河东君的强悍也起了作用。钱谦益只上任了半年,便借口身体不适,祈求辞官归家。在清廷的监视之下,他回到南京,带着柳如是回到常熟家中。这个时候的南方地区,依然还有一些力量在反清复明,坚持抵抗。或许也是在柳如是的劝说下,钱谦益开始秘密支持和参与反清斗争,结果,一不小心被牵连,被捕入狱。钱谦益的这个行为引起了清廷极大的不满。当初他投降,其实已经就被清廷统治者看不起了,这样没有气节没有大义的人,在任何时候都是被人看不起的。只是在当时,新王朝的脚跟还没有站稳,希望更多有影响力的人归附,放弃抵抗,还帮它说服和治理百姓,那统治就可以更轻松,所以清廷虽然重用了钱谦益,但从骨子里看不起他。而现在,钱谦益又暗地里反对清廷的统治,想要纠集力量来推翻它,这样的人就实在是毫无一丝可取之处,按律,就算是"十恶不赦",死路一条了。就在钱谦益命悬一线的时候,柳如是拖着病体奔走于南京、北京,散尽家财为他打点,甚至上书表达愿意替夫而死的决心,最终将他营救出狱。钱谦益的这条命从此算是柳如是给的了,他忍不住在诗里感慨:"恸哭临江无壮子,徒行赴难有贤妻。"(《和东坡西台诗韵》六首其一)他对柳如是深深的感激,又深深地敬佩。

出狱之后的钱谦益再也不可能回到清廷的官场了，但他的一生都在被监视。不过，在柳如是的帮助下，他与东南、西南等地仍然还在坚持抵抗不投降的一些军事力量联系上，拿出大量的钱财，继续支持反清运动。

他们和郑成功联络，协助郑成功几乎打到了南京，给清廷造成过不小的麻烦。所以后来清王朝的统治已经相当巩固之后，乾隆皇帝对钱谦益大加批判，把他作为"贰臣"的典型进行鞭笞，钉上耻辱柱。毕竟，钱谦益既软骨投降，又反悔抗清，这两种行为都是统治者所痛恨的，更不用说他的反复无常、首鼠两端，惹人厌恶。民间则因为钱谦益能及时改过，找补回一些气节，对他的反感倒是降低了。

反清复明的斗争终于还是失败了。带着遗憾，钱谦益于82岁高龄去世。在他的后半生，柳如是做到了自己在信中的承诺，"学朝云之侍东坡，了此一生"。但柳如是没有想到，钱谦益的死对她来说不仅是那个知心的伴侣走了，却更是一场闹剧的开端。钱家族人眼馋钱谦益留下的财产，欺负柳如是一个弱女子，竟然聚众侵占他们的钱财田产。绛云楼里那些珍贵的藏书、古玩、金银细软、房契田契，都被他们半诈骗半强夺地据为己有，还当众辱骂柳如是。这口气柳如是实在咽不下去，她说，我到钱家二十五年，从不曾受人之气，哪里能忍受如今这样的当面凌辱，不如去到九泉之下，我的夫君，一定会为我做主。刚烈如她，毅然选择自杀。国早已破，家已然亡，最疼爱我、让我依靠的那个人如今也已离去，这世间还有什么值得留恋的呢？一根白绫，震慑了这帮抢财产的恶棍，也结束了她46岁的人生。

柳如是的一生，的确是强悍的一生。她从风尘中走来，在比尘土还低贱的时候，她就要倔强地开出花来。在乱世风雨飘摇之际，她又以不让须眉的傲骨书写着凛然大义。她早已将忠魂埋葬于妩媚的青山，三百多年了，这青山依旧在，照见世间每一个独立而坚定的灵魂。

寄钱牧斋书

柳如是

古来才人佳妇，儿女英雄，遇合甚奇，终始不易。如司马相如之遇文君，如红拂之归李靖，心窃慕之。

自悲沦落，堕入平康。每当花晨月夕，侑酒征歌之时，亦不鲜少年郎君、风流学士绸缪缱绻，无尽无休。但事过情移，便如梦幻泡影，故觉味同嚼蜡，情似春蚕。年复一年，因服饰之奢靡，食用之耗费，入不敷出。渐渐债负不赀，交游淡薄。故又觉一身躯壳以外，都是为累，几乎欲把八千烦恼丝割去，一意焚修，长斋事佛。

自从相公辱临寒家，一见倾心，密谈尽夕。此夕恩情美满，盟誓如山，为有生以来所未有，遂又觉入世尚有此生欢乐。复蒙挥霍万金，始得委身，服侍朝夕。春宵苦短，冬日正长。冰雪情坚，芙蓉帐暖；海棠睡足，松柏耐寒。此中情事，十年如一日。

不意山河变迁，家国多难。相公勤劳国事，日不暇给。奔走北上，跋涉风霜。从此分手，独抱灯昏。妾以为相公富贵已足，功业已高，正好偕隐林泉，以娱晚景。江南春好，柳丝牵舫，湖镜开颜。相公徜徉于此间，亦得乐趣。妾虽不足比文君、红拂之才之美，藉得追陪杖履，学朝云之侍东坡，了此一生，愿斯足矣。

回首故园兄妹情

袁枚《祭妹文》

清乾隆三十二年（1767 年）一个肃杀的冬日，在南京的羊山上，堆起了一座新坟。羊山的广阔无垠，冬日的北风呼啸，让这座新坟显得格外荒凉。坟前伫立着一个中年男子，他神情悲痛，泪痕若隐若现，北风吹得他须发飞扬，手中的信笺哗哗作响。他低下头，准备读那封信，那是他写给已安息在坟茔中的妹妹的最后一封信。

这位中年男子叫袁枚，墓中是他的三妹袁机。

袁枚是谁呢？

他身上有很多的标签。首先他是一位诗人，许多人小时候都读过他的"牧童骑黄牛，歌声振林樾"（《所见》），也有不少人认为他的"苔花如米小,也学牡丹开"(《苔》)写进了自己的心里。作为诗学"性灵派"的代表,"诗人"这个标签又远远不足以涵盖他的特点。袁枚是一个很难被定义的人。他从小聪明好学,活泼自由,排斥陈腐的八股文,所写的散文诗歌都独抒性灵;但当他要挑起家庭重担,不得不去习八股、进仕途的时候,他又能从陈词滥调之中脱颖而出,二十出头就连中举人、进士;进入翰林院庶常馆学习之后,他又因为轻视满文,考试不合格,最终毕业分配时不能留京城做官,只能外放知县。在县令任上,他一方面关心百姓、政绩不俗,另一方面却不满于自己只能当个芝麻官,得为大官作奴,摧眉折腰。因此,几年之后他就毅然辞官,归园田居。可是袁枚的归家和其他归隐之人又完全不同。其他人可能从此就过着自然、自由但清贫的生活,但袁枚呢?却将人生过得更加精彩。他买下江南三大园林之一、前任江宁织造隋赫德的"隋园"——很多人认为就是曹雪芹的大观园,并更名为"随园",以"随"为造园宗旨,将它打造为人间胜景。再将随园所有的围墙推倒,"任人来看四时花"(杜荀鹤《题衡阳隐士山居》,亦为随园对联)。游人一来,袁枚就抓住了商机。游人想住下来多玩几天,袁枚把一部分屋子提供给客人做民宿,收取租金;游人游玩间隙要吃东西,袁枚恰巧又是一个非常讲究的吃货,他聘请名厨,为游客提供餐饮服务,并且写成了一直传到今天的饮食名著《随园食单》;如果你还有精神食粮的需求,那么袁枚自己的著作、其他人的名著,都有刊刻出售……他通过种种途径,获得了优渥的财富。袁枚还大量招收学生,尤其是打破世俗偏见,收了不少女弟子,他在诗坛影响非常大,可以称得上是一位诗坛盟主。从方方面面都可以看出,袁枚确实是一个很难用传统的标签进行定义的人,他既入世,又嘲世;既天真,又不当真;既在乎,又不在乎。将儒家和道家圆融为一体,既能勉力为之,去挑战,去将自身安顿在这世间;又能泰然任之、一笑了之。可是,对袁枚这样一个特别善于打破陈规的人,如果他身边的人,尤其是他所在乎的、深爱的家人,却被那些他所不在乎的陈规所束缚,甚至造成了人生的悲剧,这该是怎样的痛心。

他正在祭奠的这位妹妹便是如此。

袁枚出身于一个书香门第,家里兄弟姐妹五人,他是其中唯一的男孩。上有两个姐姐,下有两个妹妹。在众姐妹中,三妹袁机是最为出色的一个。袁枚形容她"最是风华质,还兼窈窕姿"(《哭三妹五十韵》)。袁机皮肤白皙,身材高挑,容貌端丽,这是"窈窕姿";她又聪慧娴淑,酷爱读书,擅长写诗,是远近闻名的才女,这是"风华质"。这样一位内外兼修,才貌双全的女子,却在不到40岁的年龄就郁郁而终。究竟发生了什么呢?

袁枚展开手中的信,对妹妹不幸的遭遇,他在此刻已经不想再多说什么,他只用一句话带过:

汝以一念之贞,遇人仳离,致孤危托落。

也就是说,袁机有着贞节的观念,却夫妻离散,孤苦无依。她的死亡,与她的婚姻悲剧有关。那她的婚姻又是怎样的呢?这要从袁枚和袁机的父亲说起。

他们的父亲叫袁滨,以长期在外给人做幕僚为生。从他们的家乡杭州出发,足迹广涉福建、广东、云南等地,很是颠沛奔波。袁滨早年在衡阳县令高清手下做过幕僚,主宾情谊深厚。后来袁滨又辗转去了其他地方。有一天,他听说高清死了,而在他的任上亏空了府库,追查起来,他的妻儿受到牵连被抓起来关进了大牢。这让袁滨想起了尘封的往事。当年高清的上司挥霍贪污,由此带来了亏空,作为下属及下属的幕僚,高清和袁滨都无力阻止。但袁滨多了个心眼,他让高清注意留下证据,以便日后证明自己的清白。这些来龙去脉只有高清和袁滨两人知道,如今高清死了,东窗事发,袁滨义不容辞千里奔赴,帮助高清的家属拿出证据,证明清白,救出了他们。袁滨对高家有恩,高家怎么报答呢? 高清的弟弟高八说,您的大恩大德，我们高家无以为报，但是听说您家三女儿还没有定亲，因为那时候袁机才刚刚出生，高八就说，我妻子现在怀有身孕，如果将来生下来是个儿子，我就让他做您的三女婿。袁滨欣然应允。几个月之后，高八的妻子果然生了个男孩，因此高家给袁家送来定亲的金锁，锁定了这门亲事。那时候袁机还不到一岁，金锁戴不了，比她大四岁的袁枚还帮她戴了几年。

接下来的若干年，袁滨继续在外奔波游走，充任幕僚，和高家几乎失去了联系。而袁机在家，和哥哥袁枚一起愉快地成长。

作为袁家唯一的男孩，袁枚的成长环境和《红楼梦》里的贾宝玉有些相似，在他幼年的时光里，陪伴他、教育他的，几乎是清一色的女性。养育他的，是祖母、母亲；给他做启蒙教育的，是守寡归家的姑母；和他一起长大的，是姐姐、妹妹们。而袁家的这些女性，每一位都是诗书不离手。袁枚在回忆母亲的文章里说，尽管为了照顾家庭，母亲每天都在为生计奔忙，但在她的针线活旁边，总是放着"唐诗一卷"，稍有闲暇，母亲就拿起这卷唐诗吟咏，成为她超脱眼前琐屑生活的利器。袁枚在这样的环境中，像贾宝玉一样，养成了欣赏女性之美、尊重女性才华的态度。妹妹袁机也在这样的环境中，饱读诗书，才华过人。

由于年龄相仿,袁枚和三妹袁机总是一起玩,一起读书,感情最为深厚。尽管兄妹俩一起读书,但因为性情不同,两个人从读书中所获得的却不尽相同。

袁枚天性热爱自由,对所学知识也往往充满质疑精神。在袁枚还没有进入私塾正式学习之前,他的启蒙老师——姑母沈氏曾经对他进行了基础的文史教育。有一次,姑母给他讲二十四孝里"郭巨埋儿"的故事,这个故事是说东汉时期的孝子郭巨,父亲去世得早,在分家的时候,他把父亲留下的遗产都分给了两个弟弟,自己没分到遗产,还要赡养老母亲。他和妻子非常孝顺,想方设法让母亲过得好。后来他的妻子生了儿子,这让他犯了愁,他觉得,一方面我把时间精力用来照顾孩子了,就可能会怠慢我的母亲;另一方面,老人家喜欢把食物分给小孩子,这样老人家自己可以吃的食物就减少了,本来家庭条件就不算好,再一分,恐怕母亲就要挨饿。为了母亲,这孩子不能要。于是他狠下心,抱着孩子走到野外去,挖了个坑,想把孩子活埋了。结果他的孝心感动了天地,一锄头挖下去,挖出一大罐黄金。大家都认为这是上天对他的赏赐,从此郭巨名声大振,被推举为孝子。

对这样一个故事,在当时的大环境中,是宣扬的,人们都应该向郭巨学习。但是袁枚听了之后表示不理解，不认同，很疑惑。这时候，他的姑母，一位显然不同于流俗的知识女性，顺势启蒙，立刻把自己对这个故事所做的批判的诗歌读给袁枚听："孝子虚传郭巨名，承欢不辨重和轻。无端枉杀娇儿命，有食徒伤老母情。"这郭巨的孝子之名是徒有虚名，根本就不应该被称为"孝子"，他所谓的"孝"是非不明、轻重不分。一个无辜的生命就这样被他残忍地杀死，为了一点点食物，就将毫不知情的老母亲陷入无情无义的境地。这样腐朽的、变态的孝道，怎么还能去遵循它！"忍心自古遭严谴，天赐黄金事不平。"这么狠心的人，应遭天谴，上天怎么还能给他赐黄金？作为一位在传统社会中成长的女性，沈氏具有同时代普通女性所不具有的反思和批判的精神，这是难能可贵的。她这种敢于挑战封建礼教、敢于挑战传统观念的胆识，深深地影响到袁枚。而袁枚恰恰也是富于挑战精神的人。在姑母的影响下，袁枚 14 岁就写下了名篇《郭巨论》，尖锐地指斥郭巨："不能养，何生儿？既生儿，何杀儿？""以恶名怼母，而以孝自名，大罪也！"郭巨把恶名都给了母亲，把自己撇清，成了一个伟大光明的孝子形象，这不是孝，这简直是大罪！这篇文章成为袁枚向腐朽的封建孝道思想宣战的一篇战斗檄文。当时著名学者杨绳武看到之后赞叹说，袁枚行文似"项羽用兵，所过无不残灭"，非常有战斗力。

可是妹妹袁机却不一样，她在读了古今圣贤之书后，不加批判地一味接受，并作为自己的行为准则，很像我们通常说的"乖乖女"。从她懂事开始，就知道自己已经被许配给了高家的儿子，她也许也憧憬过未来的丈夫会是怎样的人，未来的生活将会如何，有过美好的想象，但她更多的是对自己的要求，考虑如何做一个贤妻良母，如何顺从地侍奉公婆，如何适应一个陌生的生活环境而不出错。她处处小心，处处谨慎，处处严格要求自己，把那些对女性的要求，不管是好的还是坏的，全部内化为自己的自觉。

乾隆七年(1742年)，袁机22岁。她怀着一颗少女美好单纯的心等待着她的新郎。可是这时候，她未来的公公高八却突然带来了噩耗。高八说，我这儿子得了重病，不能结婚，请你们把我们之前的婚约当成儿戏，请三姑娘另择贤婿。这个消息就像炸弹一样，把袁滨炸得不知道该怎么办。而袁机呢，则是捧着她订婚的金锁日夜哭泣，不吃不喝，把她爸爸惹得跟着她哭，跟着她不吃不喝。袁机表示，我既然已经和高家订婚了，我的一辈子都被这金锁锁定了，那么我就要遵守"从一而终"的妇德，他得了重病，这是我的命，他如果幸运地没死，我就嫁过去照顾他，他如果不幸死了，我就为他守寡。这个消息传到高家,高家人既震惊又欢喜:我们得到了如此贞烈的一个儿媳妇,这是家门之幸;可他们的良心不安,这么好的姑娘,不能被我们家毁了啊。没过多久,高八去世,他的侄子又来到袁家,说,其实我那堂弟不是得了什么重病,而是"有禽兽行",我叔叔气得几乎把他打死了,结果他命大,又苏醒过来,可禽兽行一点没有悔改。我们家当初指腹为婚是想报答您,我们现在担心如果三姑娘嫁过来,那肯定是受苦,那我们就是以怨报德了,所以我们希望解除婚约,希望您家好女儿别嫁过来自寻痛苦。话都说到这份儿上了,袁家当然也不可能把自家好好的女儿往火坑里推,正应该接受高家的建议,解除婚约,而且这时候解除婚约也是完全符合礼法的。可当事人,袁机,却自己要往明摆着的火坑里跳,她是"闻如不闻",完全当这情况不存在,坚持嫁去了高家。

袁机嫁到高家之后,发现丈夫不仅长相猥琐,而且性情暴戾,各种行为简直非人所为。但袁机觉得这是天命,她对一切都逆来顺受,努力地做一个好媳妇、好妻子、好母亲。丈夫看到诗书就生气,她从此再也不写诗;丈夫看到她做针线活也生气,她从此不再做针线活。丈夫赌博输了钱,让她拿自己的嫁妆出来换钱,如果不给,就打她、踢她甚至拿火灼烧她,婆婆来阻止,丈夫甚至把婆婆的牙齿打折。种种禽兽之行,把袁机折磨得痛苦不堪，但她依然用那荒唐的妇德来要求自己，忍受，忍受，继续忍受。直到有一天，丈夫要把她卖掉来抵赌债，她才走投无路地逃出高家，逃到尼姑庵，然后向父亲求援。袁滨知道后大怒，立刻报官打官司，判他们离异，这才把袁机从火坑中拯救出来。袁机自此回到娘家，与父母、哥哥袁枚同住。

袁枚此刻站在妹妹坟前，信才读了一句，往事就一幕一幕在他的脑海里翻腾。他可以忍住将这么多痛心的往事在信中用一句话带过，却无法忍住对造成妹妹悲剧的原因的指责：

> 虽命之所存，天实为之；然而累汝至此者，未尝非予之过也。

妹妹，你总是说这是命，是天意，可我觉得还不如说这是我的过错。为什么是袁枚的过错呢？因为袁枚小时候跟着私塾先生学习的时候，妹妹总是来跟着一起听课，她最喜欢听"古人节义事"，那些忠义有气节的事迹，包括像郭巨那样的愚忠、愚孝、愚节，都被袁机全盘接受，成为她的人生准则，亲身去实践。袁枚大叹一声：

> 呜呼！使汝不识《诗》《书》，或未必艰贞若是！

如果你不读书，不受这些三从四德的节义观影响，你就不会那么坚持嫁到高家，就不会有后来的不幸了。"人生识字忧患始",如果人生可以重新来过,我一定不让你读这些书!当然袁枚的讲法也太绝对了,在那个时代,多少女子即使不识字,也受到广泛流行的贞节观影响,戕害了美好的青春乃至生命。因此,这样的悲剧和识不识字、读不读书并没有直接的关系。但是,别人的喜怒哀乐,也许旷达的袁枚可以看淡,可亲人是袁枚在这人世间最深的根,情之所系、爱之所归,呼吸共鸣、生死相依,他无法超越,无法看淡,无法弃绝,所以他特别痛心,九转肝肠,纠结原因何在、何以至此,而他最容易找到的一个似乎是直接的责任人,便是自己:我怎么就没有把我自己的批判精神、把我对自由的追求分一些给妹妹呢?如果我能分一些给她,让她不像这样固守艰贞,多一分洒脱,少一分执着,她的人生一定会幸福得多。

袁机死后,袁枚整理她的遗物,发现她箱子里有三卷亲手选编的《列女传》。什么是《列女传》呢?"列女"的"列",是罗列的列,不是贞烈的烈,也就是说"列女传"就等于"女子列传",凡是贤能的女子、有才华的女子、对国家有重要贡献的女子,都可以被列入其中。但当时社会的主流观点极端重视女性的名节,认为"列女"就应该是贞烈女子的传记,他们批评《后汉书·列女传》把一些不够贞烈的女子也收录进去,比如蔡文姬。蔡文姬本来嫁给了卫仲道,丈夫死后回了娘家,后来被匈奴左贤王掳去,生育了两个孩子。后来曹操花重金将她赎回,再嫁给董祀。蔡文姬这样的经历,在那帮理学家、卫道士看来,就是失节。一个失节的妇人,怎么能把她收录进《列女传》呢?对这样的观点,袁枚则是大加批评,他认为,姑且不论蔡文姬的所谓"失节"是有无可奈何、身不由己的客观原因,就单说这能不能收入列传,如果用对待蔡文姬的标准来要求男子,是不是只有那些为国殉难的士大夫才能有资格被立传呢?这是袁枚的思想,可妹妹袁机却没有和他一样的批判精神,她整理编写《列女传》,正是接受了当时的主流观点,心甘情愿地以贞烈作为行事标准,心甘情愿地做出无谓的牺牲。这种心甘情愿,比起她的遇人不淑,更令人痛心!

罢了,逝者已矣,不提那些让人痛心的事了。在没有高家的时候,妹妹也曾经是那样快乐过。妹妹啊,你还记得小时候吗?春天里,我们一起赏花斗草,踏青野炊;夏日炎炎,昆虫活跃,我捉蟋蟀,你提着笼子跟在旁边,时不时还卷起袖子,露出小小的胳膊,助哥哥一臂之力;秋天的时候,我们骑着竹马玩打仗,把邻居家那小子追得气喘吁吁连连求饶;下雪的冬天是我们的最爱,我们团起雪球打雪仗,把对方打成小雪人,院子里长久回荡着我们的笑声,小手冻僵了也没关系,我们可以互相捧起手心,哈气取暖;不适合户外活动的时候,我们则待在屋里,比试棋艺,诵读诗文,通常我们在各自的房间掌灯诵书,时不时掀起帘子一角,偷偷窥探对方读到了哪里,自己有没有被落下。有一次,那时我9岁,你才5岁,我在书房里温书,你梳着两个可爱的发髻来书房看我,就和我一起坐下来温习《诗经·缁衣》一章,两个稚嫩的童声齐声诵读。这时,我们的老师正好推门进来,看到我们摇头晃脑认真的样子,听到我们琅琅的书声,不禁微笑着连连发出"啧啧"的感叹声。后来我离家求学,你牵着我的衣角大哭,舍不得我离开;我考中进士披锦还家,你从东厢房冲出来,瞪大双眼看着我,和我一起开怀大笑……这么多美好的情景啊,现在想起来依然历历在目。多想和你一起回忆,"然而汝已不在人间"!

读到这里,被大风吹干的泪痕,再度被温热的泪水打湿。就让回忆断片吧。妹妹在高家只有不到五年的时间,但那是五年活生生的人间地狱。这五年的时光,足以改变一个人。回到袁家之后,那个机敏活泼的少女袁机再也看不见了,她常常一人独坐,暗自垂泪。她用守寡的清规戒律来要求自己,戒荤吃斋,在家修行,号青琳居士。她总穿素色衣服,不打扮,不听音乐,甚至生病也不治疗。高家她曾经的婆婆还健在,她因此经常托人给婆婆带去食品衣物。她尽管已经和高家离婚了,但她实际上仍然把自己视为高家的媳妇。在娘家,她也依然遵照礼教规矩严格要求自己，幸好这一次她所面对的是自己充满爱的家人，不至于造成更多的伤害。家中老母亲还健在，袁机就以照顾母亲为职责，母亲身体稍微有一点不适，袁机就彻夜不眠，站在母亲床前守护，端茶倒水，捧粥喂食。她带回了和前夫所生的两个女儿，其中一个是哑女，袁机在这个女儿身上耗费了大量心血，教她识字画画，与人交流。袁机还像曾经自己的姑母一样，担负起了家中孩子启蒙教育的责任。当时家里下一代没有男孩，都是女儿，能有袁机这样一位饱读诗书的姑母担任启蒙老师，袁枚非常感激。因此他忍不住感叹说，你回来，"虽为汝悲，实为予喜"，你的不幸，却是我的幸运。妹妹归家给袁枚带来的"喜"还不止这些。有一年袁枚生病卧床，妹妹终宵探望，减一分则喜，增一分则忧，对哥哥关心备至。哥哥躺在病床上百无聊赖，妹妹就讲许多连袁枚都没听过的稗官野史、奇闻轶事给他听，供他娱乐消遣，打发病床上的时光。后来袁枚写《子不语》这样的怪异小说，恐怕也有袁机的贡献。可惜啊，袁枚再度抬起头，望着妹妹的新坟，"然而汝已不在人间"！今后我如果再生病，还有谁能陪我聊天，谁能逗我开心呢？

一想到妹妹的死，袁枚就既痛心又遗憾。离婚后的袁机本来在娘家过着平平静静的生活，这样过了大约十年之后，有一天,她突然收到了曾经的丈夫去世的消息。袁枚没有想到,妹妹竟然仍然把这个禽兽不如的人当作自己的丈夫,她流泪哀悼,甚至写下了三首《追悼》诗,诗中说:"胖合三生幻,双飞一梦终。凭棺犹未得,泪尽大江东。"(袁机《追悼三首其二》)没有怨恨,没有指责,只有深深的追悼和悲伤。随即,袁机也病倒了。袁枚请来医生为她诊治,医生说,没有大碍,不用担心。袁枚这时候刚好有事要去扬州,他相信了医生的话,放心地离开了家。后来袁机病情转重,但她不希望因为自己的病耽误了哥哥,因此她阻止家人去扬州报信。直到她只剩最后一口气,母亲问她,你希望哥哥回来吗?她用最后的力气回答:"希望。"而血脉手足之间,似乎像有心灵感应一样,袁枚在前一天晚上就梦见了妹妹,梦见妹妹来对他做最后的诀别。醒来之后,他立刻收拾行李,"飞舟渡江",往家里赶。但还是晚了一步:

> 予以未时还家,而汝以辰时气绝;四支犹温,一目未瞑,盖犹忍死待予也。

没有等到我回来,你连眼睛都不忍闭上。你还有多少话要对我说,还有多少嘱托放心不下?可我竟回来晚了!"呜呼痛哉!"早知道这次分离就是永别,那我一定不会去扬州,就算去，我也要先把心中的话和你说完，把家中的事和你筹划好，才会出门。可是，又哪有什么"早知道"呢？你已不在人间，只留下我"抱此无涯之憾"。也许只有等到我死的那一天，才能再见你了。可我什么时候才会死呢？人死了之后，有没有知觉呢？及至黄泉，于茫茫的逝者之中，我又还能不能再找到你，再见到你呢？"天乎人乎！而竟已乎！"

信读到这里，袁枚已经伤心得几乎站不住了。他扶着妹妹的墓碑，慢慢地缓过神来。光顾着回忆了，妹妹临死时还没闭上的眼睛，没来得及说的嘱托，差点儿忘记向妹妹交代了。妹妹你放心，你所写的诗，我已经集结成册，印刷成书，我要让所有人看到我们袁家女子的才华。你的女儿，已经到了适婚年龄，由我作主，她已经成家了，她嫁了一个好人家，不会再重蹈你的不幸，你放心；哑女阿印已经不幸随你而去了，我把她葬在你的墓旁边，让你们依然像活着时那样，母女相依。你的生平，我已经写为了传记，你所经历过的一切，都将有人为你喜，为你悲，为你叹，也让所有像你一样善良美好的女子得到警示，让你的悲剧不再重演。现在，我唯一的遗憾就是我们的家族下一代缺乏继承人。虽然母亲还健在，我不敢说自己老，但我暗里自知。我很快就会成为一个孤苦伶仃的老人吧。"汝死我葬，我死谁埋？"

这句话很容易让人想到《红楼梦》里林黛玉的《葬花吟》："尔今死去侬收葬，未卜侬身何日丧。侬今葬花人笑痴，他年葬侬知是谁？"尽管黛玉葬花多了几分诗意，袁枚葬妹多了一些温情，但他们有一个共同的指向，那就是一切生命都是有死亡的。花如此，人如此，妹妹比我年轻如此，我将来也会是如此。一切都是无常，最在乎的东西，却终究在乎不了。

　　一阵猛烈的北风刮来，让人忍不住打了个趔趄。坟前烧的纸已经快要燃尽，写给妹妹的信也念到了尾声，一起烧了吧。转瞬之间，这封信就化作了一团灰烬，被北风卷起来，像灰色的蝴蝶在空中飞扬，那么轻灵、曼妙，就像妹妹小时候一样。死亡对于妹妹来说，也许就像蝴蝶飞舞一样，终于实现了超越和解脱。"阿兄归矣，犹屡屡回头望汝也。"我终于是失去了最亲密的手足。"呜呼哀哉！呜呼哀哉！"

祭妹文

袁枚

乾隆丁亥冬，葬三妹素文于上元之羊山，而奠以文曰：

呜呼！汝生于浙，而葬于斯，离吾乡七百里矣。当时虽觭梦幻想，宁知此为归骨所耶？

汝以一念之贞，遇人仳离，致孤危托落，虽命之所存，天实为之；然而累汝至此者，未尝非予之过也。予幼从先生授经，汝差肩而坐，爱听古人节义事；一旦长成，遽躬蹈之。呜呼！使汝不识《诗》《书》，或未必艰贞若是！

余捉蟋蟀，汝奋臂出其间；岁寒虫僵，同临其穴。今予殓汝葬汝，而当日之情形，憬然赴目。予九岁，憩书斋，汝梳双髻，披单缣来，温《缁衣》一章；适先生蓼户入，闻两童子音琅琅然，不觉莞尔，连呼"则则"，此七月望日事也。汝在九原，当分明记之。予弱冠粤行，汝掎裳悲恸。逾三年，予披宫锦还家，汝从东厢扶案出，一家瞠视而笑，不记语从何起，大概说长安登科、函使报信迟早云尔。凡此琐琐，虽为陈迹，然我一日未死，则一日不能忘。旧事填膺，思之凄梗，如影历历，逼取便逝。悔当时不将婴婉情状，罗缕纪存；然而汝已不在人间，则虽年光倒流，儿时可再，而亦无与为证印者矣。

汝之义绝高氏而归也，堂上阿奶，仗汝扶持；家中文墨，眎汝办治。尝谓女流中最少明经义、谙雅故者。汝嫂非不婉嫕，而于此微缺然。故自汝归后，虽为汝悲，实为予喜。予又长汝四岁，或人间长者先亡，可将身后托汝；而不谓汝之先予以去也！

前年予病，汝终宵刺探，减一分则喜，增一分则忧。后虽小差，犹尚殗殜，无所娱遣；汝来床前，为说稗官野史可喜可愕之事，聊资一欢。呜呼！今而后，吾将再病，教从何处呼汝耶？

汝之疾也，予信医言无害，远吊扬州；汝又虑戚吾心，阻人走报；及至绵惙已极，阿奶问："望兄归否？"强应曰："诺。"已予先一日梦汝来诀，心知不祥，飞舟渡江，果予以未时还家，而汝以辰时气绝；四支犹温，一目未瞑，盖犹忍死待予也。呜呼痛哉！早知诀汝，则予岂肯远游？即游，亦尚有几许心中言要汝知闻、共汝筹画也。而今已矣！除吾死外，当无见期。吾又不知何日死，可以见汝；而死后之有知无知，与得见不得见，又卒难明也。然则抱此无涯之憾，天乎人乎！而竟已乎！

汝之诗，吾已付梓；汝之女，吾已代嫁；汝之生平，吾已作传；惟汝之窀穸，尚未谋耳。先茔在杭，江广河深，势难归葬，故请母命而宁汝于斯，便祭扫也。其旁，葬汝女阿印；其下两冢：一为阿爷侍者朱氏，一为阿兄侍者陶氏。羊山旷渺，南望原隰，西望栖霞，风雨晨昏，羁魂有伴，当不孤寂。所怜者，吾自戊寅年读汝哭侄诗后，至今无男；两女牙牙，生汝死后，才周晬耳。予虽亲在未敢言老，而齿危发秃，暗里自知；知在人间，尚复几日？阿品远官河南，亦无子女，九族无可继者。汝死我葬，我死谁埋？汝倘有灵，可能告我？

呜呼！生前既不可想，身后又不可知；哭汝既不闻汝言，奠汝又不见汝食。纸灰飞扬，朔风野大。阿兄归矣，犹屡屡回头望汝也。呜呼哀哉！呜呼哀哉！

对着月亮想你们

梁启超家书

1923 年的冬天，11 月 5 日的深夜，梁启超没有像往日那样住在清华大学他的教师宿舍中，而是独自待在北京城里北海公园的快雪堂。这里曾经是清代皇帝妃嫔们赏雪游玩的地方，乾隆年间因为收藏了王羲之《快雪时晴帖》而被命名为"快雪堂"。而现在，就在昨天，11 月 4 日，这里刚刚成为纪念蔡锷蔡松坡将军的松坡图书馆。作为倡议者，梁启超担任了第一位馆长。

这天倒是没下雪，下了些小雨，天色阴沉。梁启超读了一整天的书，晚间有些累了，便拿出一壶酒，自斟自酌，把自己喝得微醺了。微醺的状态之下，人就有了一种表达的冲动。他把书拿开，摊开信笺，要找他"最爱的孩子谈谈"。那他最爱的孩子是谁呢？

梁启超一提笔，就是非常亲昵的称呼："宝贝思顺。"思顺是他大女儿的名字。梁启超虽然是 100 年前的人，中国传统中那种含蓄、内敛的情感表达方式对他当然会有影响，但他又是开眼看世界的一位代表，中国传统和西方思想在他身上融为一体，在教育子女上也是如此。他毫不掩饰自己对子女的爱，特别喜欢热烈地表达这份爱。他喜欢把大女儿思顺称为"大宝贝"，甚至说"汝乃吾之命根"（《1912 年 12 月 16 日致梁思顺》），现在女儿都 30 岁结婚生子了，仍然叫她"宝贝思顺"。他叫次女思庄"小宝贝庄庄"，也有点肉麻。他的小儿子梁思礼，因为是老来得子，梁启超叫他"老白鼻"，就是"老 baby"的音译。从这些称呼就可以看到梁启超对孩子们特别热烈的爱，他也曾经说自己"是最富于情感的人"。可以想见，从小就在这样浓浓的父爱包围之下的孩子们，他们可以获得充分的自我认可、自尊自信，这为他们将来能够有一番出色的成就，打下了爱的基础。

称呼了宝贝女儿之后，梁启超首先向女儿交代自己这两天的情况，也就是松坡图书馆的成立、自己今晚的独酌等等。梁启超有点儿像我们今天说的"女儿奴"，他好像生怕女儿知

道他喝了酒、喝得有点醉会批评他,赶紧辩解:

> 好孩子别要着急,我并没有怎么醉,酒亦不是常常
> 多吃的。

这就不只是爱女心切,而且女儿对父亲的关心也跃然纸上。当然,梁启超可能也有点儿暗自欢喜,女儿不在我身边,她管不着我,我说我没怎么喝酒,没喝醉,她也就只能相信了,大不了回信的时候多叮嘱几句呗。这就显得有点儿调皮了。梁启超的确是一个充满了童心的人,孩子们在身边的时候,他跟孩子们玩成一片;孩子们在远方,他也在信中调皮幽默。那现在女儿是在哪里呢?梁启超写这封信的时候,梁思顺正和她的外交官丈夫周希哲居住在加拿大,周希哲当时担任驻加拿大总领事。

一想到这个长女婿,梁启超就很欢喜。

> 你报告希哲在那边商民爱戴的情形,令我喜欢得了
> 不得。

周希哲是梁启超的得意门生,是马来西亚的华侨。原本他的家庭也是挺不错的,但后来家道中落,他只能早早地挣钱养家,在轮船上做了水手。而在那个风起云涌的时代,这位思想上积极要求进步的年轻人很快了解到了国内维新变法的情

况,他坚定地支持梁启超。在梁启超流亡日本的时候,他也前往日本,跟随梁启超,成为梁启超的学生,后来又出国留学,获得博士学位。梁启超特别喜欢这个才华横溢、追求进步的年轻人,尽管周希哲家境不好,但梁启超丝毫不在意,把最喜欢的大女儿嫁给了她。周希哲很穷,拿不出房子、车子、重金聘礼这些东西,但梁启超对这些面子上的东西毫不在意。没有新房,新娘就没法被花轿抬到新郎家中,梁启超就不拘一格,让周希哲坐着花轿被抬进梁府。虽然看起来好像是入赘,但他们的孩子又都姓周。所以这翁婿,包括女儿,都是有着相当开放的、前卫的思想。梁启超当然也并不是完全一手包办孩子的婚姻,他对女儿说:

我觉得我的方法好极了,由我留心观察看定一个人,给你们介绍,最后的决定在你们自己。

一方面靠着自己的识人之明给孩子们提供建议,另一方面又尊重孩子们自己的决定,这在当时是极为开明的做法了。也正是这种做法,为孩子们幸福的生活铺平了道路。

梁启超不仅对大女儿的婚姻"得意得了不得",而且对长子梁思成的婚姻也非常满意,认为是自己"第二回的成功"。梁思成和林徽因这对伉俪,向来为人所津津乐道,那种琴瑟和鸣、比翼齐飞，在任何时代都是人们所向往的爱情和婚姻的模样。可是他们的爱情也并非一路坦途，尤其是梁思成生长在这样一个家人众多的大家庭中，林徽因难免就会遇到婆媳、姑嫂相处的问题。林徽因什么人啊？论外形是明眸皓齿，神采飞扬；论内在是见多识广，气度非凡，独立自由。尽管梁思成已经是非常杰出的才子了，林徽因的见识和才华仍丝毫不亚于他。据梁思成回忆，自己选择建筑专业，是因为林徽因说她想学建筑，而当时的梁思成连建筑专业是什么都不知道。在林徽因的映衬之下，梁思成就显得孤陋寡闻，有点土包子了。当然这并没有妨碍两人的相知相爱。但由于林徽因过于"不俗"，尤其是总是抛头露面，甚至还不乏追求者，这就引起了思想比较传统的婆婆和大姑姐梁思顺的不满。

尽管梁思顺自己也是知识女性，但她在爱情、婚姻观念上仍然很传统。她认为一个女性最重要的事业就是相夫教子，她自己确实也是从小做父亲的助手，比如给父亲做日语翻译，整理父亲文稿，记录父亲言论等；结婚后做丈夫的贤内助，有孩子后尽心抚养 4 个孩子，在这些方面做得堪称典范。所以她和她的母亲对林徽因的一些表现并不太接受。梁启超写这封信的时候，梁思成和林徽因还在恋爱中，没有结婚。为了消除妻子、长女对未来儿媳妇的芥蒂，让儿子的婚姻能顺利结成，梁启超也是操碎了心。那梁启超怎么做的呢？他在信中，一方面顺着对长女婚姻的夸赞，对长女婿的夸赞，非常自然、好像是顺带着地讲道：

老夫眼力不错罢。徽音①又是我第二回的成功。

这话讲得特别妙。因为如果他着墨过多地去夸林徽因，或者专门再写一封信去劝女儿接受林徽因，势必会引起本来就心存不满的女儿更大的不满，更加反对；而他在夸了女婿、夸了女儿的婚姻之后，女儿心里已经美滋滋的了，他再特别自然地延伸到思成和徽因也跟你们一样，这个时候女儿就比较容易接受。另一方面，他还注意到，要给女儿足够的爱、足够的安全感。你的丈夫希哲很优秀，徽因也很优秀，但他们不会把你比下去，更不会取代你在我心目中的位置。

平心而论，爱女儿那里会不爱女婿呢，但总是间接的爱，是不能为讳的。

毋庸讳言，我就是更爱你，因为你是我的女儿。我爱女婿，那他是沾了你的光啊。而徽因呢？

我也很爱她，我常和你妈妈说，又得一个可爱的女儿。但要我爱她和爱你一样，终久是不可能的。

①林徽因原名徽音。

梁启超可能确实最爱自己的长女，思顺是梁启超的第一个孩子，在她之后整整八年，梁启超才有了第二个孩子梁思成。所以思顺做了八年的独生女，被父母宠着捧着长大。梁启超写给孩子们的四百多封信里，大多数都是写给大女儿思顺的。他还曾经开玩笑似的说，除了"大宝贝"思顺，还有"老白鼻"、老来得子的小儿子思礼，中间的孩子是"不甚宝贝的宝贝"。当然这是开玩笑，实际上他对每个孩子都很爱，很上心。不管思顺是不是梁启超最爱的孩子，但是在这封信里，梁启超反复强调我爱你是最多的，是因为他觉察到这个时候的女儿特别需要一种爱的安全感。如果说在结婚之前，梁思顺也是靠着自己的才华得到了社会的认可，比如她17岁就编了一部词选——《艺蘅馆词选》，在当时也是颇受词学界关注的；那么，结婚之后，梁思顺把自己的全副精力都用于相夫教子，以及帮助父母照顾弟弟妹妹，弟弟妹妹们此时正赴美留学，几乎全赖思顺照顾。在这些事情当中，思顺作为一个独立的个体，她自己的存在、她自己的价值，几乎就被淹没了。尤其是这个时候还有一个林徽因作为对照。也许她心里也会暗暗地想：凭什么我就得隐在丈夫、孩子和弟弟妹妹们身后，扛起生活的重担，而你就可以那样光彩照人地活跃在舞台的中央？我曾经也可以啊。所以一方面是自己价值观与林徽因价值观的不同乃至矛盾，另一方面可能是心中隐隐的那种不甘甚至嫉妒，带来了梁思顺对林徽因的不满。梁启超真是一位了不起的父亲，他敏锐地捕捉到了女儿心中那些显性和隐性的隔膜，所以他非常巧妙地用爱的语言去让女儿相信，无论自己怎样，都是值得被爱、无法取代的。一句"终久是不可能的"，掷地有声，温暖了女儿的心，融化了女儿心中许多的小疙瘩。后来梁思成和林徽因在加拿大举行婚礼，就是梁思顺一手操办的。

思顺照顾弟弟妹妹们，辛苦操劳，有时候还得不到弟弟妹妹们的理解；或者她看到弟弟妹妹的缺点，想要帮助他们改正，却反而招来反感。这种时候，思顺就会给父亲写信抱怨。梁启超写这封信时显然就刚收到了女儿这样的抱怨。这种时候梁启超的态度就特别重要了。如果严肃地批评老二老三们的错误，毕竟都是成年人了，那可能会带来更大的矛盾；如果指责思顺处理得不好，那更会伤了思顺的心。怎么把握这个度呢？梁启超特别有趣，把它当成好像处理幼儿园小朋友的矛盾一样，他说：

> 你妈妈给思成们的信帮他们，他们都拍手欢呼胜利，我说我帮我的思顺，他们淘气实在该打。

父亲和母亲分别站在两边，但却都绝不严肃地指斥孩子的错误，甚至把错误弱化成"淘气"，大事化小小事化了，一家人能有多大的矛盾呢？就在"拍手欢呼"的氛围中化解了。这样轻松、幽默的家庭氛围，十分有助于孩子们的身心健康。

梁启超好像从来就没有展示出一个"严父"的形象，他总是愉快地和孩子们交谈，热烈地表达着对孩子们的爱，甚至还会对孩子们撒娇和淘气。比如，当他生病时，他就给女儿思顺写信说，我每次身体不舒服就反复呼叫你的名字，想着你如果在我身边，我向你撒一撒娇，就能让我减轻许多烦恼和苦痛。当与客人应酬的时候，他又想，真遗憾，我的爱女没有在我身边，真恨不得带着我的女儿和我一起应酬。当孩子们出国留学，第一次离开他的时候，他说：

宝贝思顺、小宝贝庄庄：你们走后，我很寂寞。

《1925 年 4 月 17 日致梁思顺、梁思庄》

当小儿子想念远在国外的哥哥姐姐们时，他又在给海外子女的信中调皮地说，要不我给老白鼻贴张邮票，给你们寄过来吧。当他在清华园里看到一轮圆月，忍不住思念孩子们的时候，他说，你们在海上一定看过了许多轮月亮，蹭了多少次"江上何人初见月，江月何年初照人"了，而我呢，"我晚上在院子里徘徊，对着月想你们，也在这里唱起来，你们听见没有？"

（《1925 年 5 月 9 日致梁思顺、梁思成等》）这样充满爱的表达可以说是数不胜数，梁启超的的确确是"最富于情感的人"。

那梁启超就不怕这样爱孩子，把孩子们宠坏了吗？我们总是很担心，如果父母过于爱孩子，让孩子沉溺在爱之中，那就成了溺爱，孩子将来很难成器。那梁启超是怎么做的呢？

他热烈地爱着孩子们，也享受着孩子们的爱。他在信中向思顺保证自己很少喝酒，也没有喝醉，正体现了孩子对他的关心。梁启超这样写特别巧妙，看起来是站在为孩子着想的角度，仍然是父亲对孩子的关爱，怕孩子担心自己，而它隐含的预设就是，我知道你们一定会关心我的。这个预设带给孩子们强烈的肯定——我当然是关心父亲的。所以梁启超并没有去要求孩子们，你们要关心我，而是通过这样特别润物无声的方式对孩子进行正向引导。

除了自己，梁启超还引导孩子们关心其他的家人。在这封信中，梁启超继续写到了自己的夫人。梁夫人李蕙仙是一位大家闺秀，从小也是饱读诗书，琴棋书画无不精通。他们的缘分起于梁启超的一次赶考。当时梁启超参加广州乡试，主考官是从京城来的大学士李端棻。李端棻看了梁启超的试卷之后，特别欣赏他的才华，就把自己的堂妹李蕙仙嫁给了他。在梁启超的一生中，李蕙仙起到了极大的支持作用。当戊戌变法失败,梁启超不得不逃亡日本时,李蕙仙带着一家老小避难澳门。在如此危难艰险的处境下,李蕙仙是"慷慨从容,辞色不变,绝无怨言,且有壮语"。这番话是康有为对李蕙仙的评价,让梁启超听了之后"喜慰敬服",称她是自己的"闺中良友"(《1898 年 10 月 29 日致李蕙仙》)。当袁世凯复辟帝制,梁启超要秘密去往西南组织护国讨袁的运动时,李蕙仙慷慨激昂,她说:"上自高堂,下逮儿女,我一身任之",你就放心地把家里交给我,父母和孩子,我一个人会照顾得好好的,"君但为国死,无反顾也!"你哪怕是牺牲生命,为国而死,不要有后顾之忧。如此深明大义的女中豪杰,令人敬佩。

不过,在家书当中,李蕙仙则首先是一位慈爱的母亲。梁启超说:

你妈妈在家寂寞得很。

为什么寂寞呢? 因为孩子们都在国外上学,母亲一个人闷得慌。梁启超说,我就不一样,我一个人独处一年都不会闷,因为我做我的学问都忙不过来。这是在开导孩子们,你们不用担心我,我不会闷,只要多多关心母亲就好了。实际上在梁启超的学术工作中,李蕙仙通常都是一起参与的。她常常替丈夫抄录文章,整理著作,也挺忙的。所以说她寂寞,并不是无所事事的空虚,而是一位慈爱的母亲想念远方孩子时候的那种牵肠挂肚。梁启超并没有要求孩子们去关心母亲,但他讲出母亲的处境,孩子们自然能读懂:我们应该多给母亲写信,多和她聊天。母亲说我们放暑假的时候她就很高兴,那一放暑假,我们就尽快回家去承欢膝下吧。很自然地,孩子们就会更加地去关心母亲,从母亲的角度着想。而梁启超说自己做学问都忙不过来,不经意的一句话,又能给孩子们树立一个身教的榜样:父亲50岁了都还如此用功,我们正当奋斗的年华,又有什么理由不加油努力呢?

写完夫人的近况,梁启超又写到了"王姑娘"。王姑娘是谁呢?在李蕙仙嫁到梁家的时候,她从娘家带了两个丫鬟,其中一个叫王桂荃,因为既聪明又勤快,很受梁启超夫妇喜欢,后来就成为了梁启超的妾室。梁启超的9个孩子当中,除了长女思顺、长子思成和次女思庄之外,其他孩子都是王桂荃所生。在传统社会中,妾室的地位一般来说是很低的,王桂荃本身也是一个丫鬟。这种情况在其他家庭中,妾可能就不会被重视和尊重。但是在梁启超这里不一样,首先他让所有孩子,不管是不是王桂荃所生,都称她为"娘",虽然区别于正室夫人,但这是认可了她作为母亲的地位。既然也是母亲,那么孩子们当然也应该关心她。梁启超在信里说:

王姑娘近来体气大坏……我很担心，他也是我们家庭极重要的人物。他很能伺候我，分你们许多责任，你不妨常常写些信给他，令他欢喜。

由于王姑娘连续生了两个孩子都夭折了，过度的伤心使得她产后缺乏休养，因此身体非常虚弱。梁启超关心她，为她担忧，同时他又希望子女也了解这位母亲的情况，多关心她。梁启超首先用"他也是我们家庭极重要的人物"，亲自定调，给这位丫鬟出身的母亲足够的重要性，然后再表达希望女儿关心她。我们看到，在前面梁启超引导孩子们关心自己和正室夫人的时候，他都说得很随意，没有要求孩子们做什么，但现在说到王姑娘的时候，他明确要求孩子"常常写些信给他"。为什么有这样的区别呢？这封信的收信人是大女儿思顺，思顺的亲生母亲是李蕙仙，所以她对父亲的这位妾室从自然亲情来看并没有太多的感情，在传统观念中通常也不会有太多的尊重。如果说女儿关心父亲和母亲，是出于一种天然的来自血缘的爱，是孝，那么，对王姑娘的爱就只能是通过后天的教育，让她通过理性的思考认识到我应该去关心和尊重她。梁启超怎么帮女儿去理性思考呢？他说，王姑娘"很能伺候我，分你们许多责任"。他找到了女儿的情感上的"软肋"，父母年纪大了，你本来应该在我们身边来照顾我们，这是你的责任，但是你远在异国他乡，你照顾不了我们，那我们孤苦伶仃的老两口怎么办？幸好还有王姑娘，她承担了许多本来应该由你来承担的责任。就为了报答这一点，你也应该给她写信，关心她，尊重她。所以，梁启超虽然是在给女儿提要求，但他不是以一个父亲的权威去居高临下地命令女儿，而是站在女儿的角度去将心比心，让女儿发自内心地感恩，而来关心王姑娘。

梁启超给与了孩子们足够的热烈的爱，并且引导孩子们将这样的爱再反哺、再传递。懂得感恩、懂得关爱他人的孩子，就不会是被溺爱被宠坏的，至少首先在人格上是健全的。先成人，再成才。

而这种热烈的爱，梁启超继而又引导孩子们将它再延伸到生活、学业、社会与国家。

首先是生活方面，梁启超自己是一个非常有好奇心、对许多方面都趣味盎然的人，因此他的生活是丰富多彩的。他希望孩子们也是如此。长子梁思成性格比较内向，不活泼，所学的建筑学科也比较专精。梁启超很担心，他说对于我的思成，我怕他会渐渐走入"孤峭冷僻一路去"，于是就写信提醒他：

> 我怕你因所学太专门之故，把生活也弄成近于单调，太单调的生活，容易厌倦，厌倦即为苦恼，乃至

堕落之根源。

《1927 年 8 月 29 日致孩子们》

梁启超真是一个充满了情感的人,所以他不能想象如果一个人只局限在一个非常专精、狭小的领域,他会是怎样的单调枯燥。这样的生活过起来有什么意义呢? 所以他希望梁思成趁毕业之后的一两年,赶紧多学一些文学、人文学科的知识,让自己丰富起来,他说当你涉足这些新的更加丰富的方面,你会感觉到自己像换了个新生命,"如朝旭升天,如新荷出水",这样的生活是极可爱、极有价值的。一个热爱生活的人,一个将生活过得充满活力的人,怎么都不会太差。

热爱之于学业,也是非常重要的。梁启超对孩子们选择什么专业,虽然也会给一些建议,但最终选择权仍在孩子们自己手里。他尤其重视孩子们自己的兴趣。比如次女思庄,在她留学的时候,梁启超说,现在自然科学是日新月异,尤其是生物学。梁启超认为生物学是现代最进步的自然科学,而他们家目前还没有人选择自然科学专业,他就很希望女儿能选择生物学作为专业。但是他得知思庄对生物学没有什么兴趣之后,马上就又写信说:

凡学问最好是因自己性之所近。……我狠怕因为我的话扰乱了你治学针路，所以赶紧寄这封信。

吴荔明《梁启超和他的儿女们》

这样一位尊重女儿的选择、生怕自己干涉到孩子自主选择的父亲，令人感叹。思庄后来根据自己的热爱，选择了图书馆学，成为一位重要的图书馆学家。

在学业上，梁启超还尤其叮嘱孩子们，不能用一时成绩的好坏，来判断学业的成功与否。暂时的成绩不理想又有什么关系呢？人生路还长着呢，如果因为一两次的不及格就气馁，浇灭了心中的热情，那才叫得不偿失呢。

对社会与国家那一份赤子之热爱，是梁启超尤其深入人心的地方。他也将这种精神传递给了孩子们。在孩子们刚成年的时候，他就鼓励他们"总要在社会上常常尽力，才不愧为我之爱儿"（《1919年12月2日致梁思顺》）。父亲已经以身作则了，再在语言上稍一提点，便能对孩子们起到重要的引导作用。孩子们个个学有专长，但光是埋头做学问是远远不够的，一定要关心国家政治，否则就"对不起国家，对不起自己的良心"（《1927年1月27日致孩子们》）。个人的生命总是短暂的，但我们却可以将这有限的生命融入更加长久的国家和民族生命之中，这不仅能延续我们的生命，也是"我们责任内的事"。

正是在梁启超这样的爱的教育之下,他的孩子们纷纷成才,可谓满门俊秀。长女思顺,成长为了文史学者,在诗词、音乐方面都有极高的造诣;长子思成,著名建筑学家,被誉为中国近代建筑之父,曾任中央研究院院士;次子思永,著名考古学家,与哥哥思成一同当选中央研究院首届院士;三子思忠,毕业于美国西点军校,曾在淞沪抗战中表现英勇,年仅 25 岁英年早逝;次女思庄,我国著名图书馆学家;四子思达,经济学家;三女思懿,著名社会活动家;四女思宁,投身新四军,参加革命;五子思礼,在新中国刚刚成立之时便留学归来,成为我国火箭控制系统的专家,也是一名院士。所谓"一门三院士,九子皆才俊",每一个都熠熠闪光。他们与父亲梁启超一起,书写了缤纷的传奇。这传奇的密码,正藏在梁启超这些爱的家书之中。

1923年11月5日致梁思顺

梁启超

宝贝思顺：

昨日松坡图书馆成立，馆在北海快雪堂，地方好极了，你还不知道呢，我每来复四日住清华，三日住城里，入城即住馆中。热闹了一天。今天我一个人独住在馆里，天阴雨，我读了一天的书，晚间独酌醉了，好孩子别要着急，我并没有怎么醉，酒亦不是常常多吃的。书也不读了，找我最爱的孩子谈谈罢。谈什么呢？想不起来了。

哦，想起来了。

你报告希哲在那边商民爱戴的情形，令我喜欢得了不得。我常想，一个人要用其所长。人才经济主义。希哲若在国内混沌社会里头混，便一点看不出本领，当领事真是模范领事了。我常说天下事业无所谓大小，士大夫救济天下和农夫善治其十亩之田所成就一样。只要在自己责任内，尽自己力量做去，便是第一等人物。希哲这样勤勤恳恳做他本分的事，便是天地间堂堂地一个人，我实在喜欢他。

好孩子，你气不分弟弟妹妹们，希哲又气不分你，有趣得很。你请你妈妈和我打弟弟们替你出气，你妈妈给思成们的信帮他们，他们都拍手欢呼胜利，我说我帮我的思顺，他们淘气实在该打。平心而论，爱女儿那里会不爱女婿呢，但总是间接的爱，是不能为讳的。徽音我也很爱她，我常和你妈妈说，又得一个可爱的女儿。但要我爱她和爱你一样，终久是不可能的。

我对于你们的婚姻，得意得了不得，我觉得我的方法好极了，由我留心观察看定一个人，给你们介绍，最后的决定在你们自己，我想这真是理想的婚姻制度。好孩子，你想希哲如何，老夫眼力不错罢。徽音又是我第二回的成功。我希望往后你弟弟妹妹们个个都如此。这是父母对于儿女最后的责任。我希望普天下的婚姻都像我们家孩子一样，唉，但也太费心力了。像你这样有恁么多弟弟妹妹，老年心血都会被你们绞尽了，你们两个大的我所尽力总算成功，但也是各人缘法侥幸碰着，如何能确有把握呢？好孩子，你说我往后还是少管你们闲事好呀还是多操心呢？

你妈妈在家寂寞得很，常和我说放暑假时候很高兴，孩子们都上学便闷得慌，这也是没有法的事。像我这样一个人独处一年，我也不闷，因为我做我的学问便已忙不过来，但天下人能有几个像我这种脾气呢?

王姑娘近来体气大坏,因为你那两个殇弟产后缺保养。我很担心,他也是我们家庭极重要的人物。他很能伺候我,分你们许多责任,你不妨常常写些信给他,令他欢喜。

我本来答应过庄庄,明年暑假绝对不讲演,带着你们顽一个夏天。但前几天我已经答应中国公学暑期学校讲一月了。他们苦苦要我,我耳朵软,答应了。

我明春要到陕西讲演一个月,你回来的时候还不知我在家不呢。酒醒了,不谈了。

耶告这两个字是王右军给儿女信札的署名法

十一月五日

1912年12月16日致梁思顺

梁启超

十四、十五号禀均收。吾前为汝计学科,竟忘却财政学,可笑之至。且法学一面亦诚不欲太简略,国际法实须一学。似此非再延数月不可,每来复十四小时大不可。来复日必须休息,且须多游戏运动。吾决不许汝如此。可与诸师商,每来复最多勿过十时。因自修尚费多时也,可述吾意告之,必须听言,切勿着急。从前在大同学校以功课多致病,吾至今犹以为戚,万不容再蹈覆辙。吾在此已习安,绝无不便。汝叔沪行亦未定,此事须俟荷丈一到沪乃定。即行后吾亦能自了,得汝成学，吾愿大慰，诸师既如此相厚，尤不可负。且归后决无从得此良师。第一纸可出示诸师。今但当以汝卒业为度，不必计此。间请商诸师，若能缩短数月固佳，否则径如前议至明年九月亦无不可。一言蔽之，则归期以诸师之意定之。汝必须顺承我意，若因欲速以致病，是大不孝也。汝须知汝乃吾之命根。吾断不许汝病也。前已合寄四千，谓凤逌可了，何尚需尔许耶？此间已无存，有万金存定期，不能取出。本月收入须月杪乃到手，明日只得设法向人挪借，若得当电汇以救急耳。子楷带去各物已收否？祖父想已旋南耶？

示娴儿。

饮冰 十二月十六夕

1925 年 4 月 17 日致梁思顺、梁思庄

梁启超

宝贝思顺、小宝贝庄庄：

你们走后，我很寂寞。当晚带着忠忠听一次歌剧，第二日整整睡了十三个钟头起来，还是无聊无赖，几次往床上睡，被阿时、忠忠拉起来，打了几圈牌，不到十点又睡了，又睡十个多钟头。

思顺离开我多次了，所以倒不觉怎样；庄庄这几个月来天天挨着我，一旦远行，我心里着实有点难过。但为你成就学业

起见,不能不忍耐这几年。

庄庄跟着你姊姊,我是十二分放心了,但我十五日早晨吩咐你那几段话,你要常常记在心里,等到再见我时,把实行这话的成绩交还我,我便欢喜无量了。

我昨天闷了一天,今日已经精神焕发,和你七叔讲了一会书,便着手著述,已成二千多字。现在十一点钟,要睡觉了,趁砚台上余墨,写这两纸寄你们。

你们在日本看过什么地方?寻着你们旧游痕迹没有?在船上有什么好玩?小斐儿曾唱歌否?我盼望你们用日记体写出,详细寄我。能出一份《特国周报》临时增刊尤妙。

我打算礼拜一入京,那时候你们还在上海呢。在京至多十日便回家,决意在北戴河过夏,可惜庄庄不能跟着,不然当得许多益处。

祝你们一路安适,两个礼拜后我就盼你们电报,四个礼拜后就会得你们温哥华来信,内中也许夹着有思成、思永信了。

十七晚　爹爹

1925 年 5 月 9 日致梁思顺、梁思成等(节选)

梁启超

五月七日正午接到温哥华安电,十分安慰。六日早晨你妈妈说是日晚上六点钟才能到温,到底是不是?没出息的小庄庄，到底还晕船没有？你们到温那天，正是十五，一路上看着新月初生直到圆时，谅来在船上不知唱了多少次"江上何人初见月，江月何年初照人"了。我晚上在院子里徘徊，对着月想你们，也在这里唱起来，你们听见没有？

我多少年不做诗了，君劢的老太爷做寿，我忽然高兴，做了一首五十五韵的五言长古，极其得意，过两天钞给你们看。

我近来大发情感，大做其政论文章，打算出一份周报，附在《时》《晨》两报送人看，大约六月初旬起便发印。到我要讲的话都讲完，那周报也便停止，你们等着看罢。

……

1898年10月29日致李蕙仙

梁启超

南海师来，得详闻家中近状，并闻卿慷慨从容，词色不变，绝无怨言，且有壮语。闻之喜慰敬服，斯真不愧为任公闺中良友矣。大人遭此变惊，必增抑郁，惟赖卿善为慰解，代我曲尽子职而已。卿素知大义，此无待余之言，惟望南天叩托而已。令四兄最为可怜，我与南海师念及之，辄为流涕。此行性命不知何如，受余之累，恩将仇报，真不安也。

译局款二万余金存在京城百川通，我出京时，已全交托令十五兄，想百川通不至赖账。令兄等未知吾家所在，无从通信及汇寄银两，卿可时以书告之，需用时即向令兄支取可也。闻家中尚有四百余金，目前想可敷用。我已写信吴小村先生处，托其代筹矣。所存之银，望常以二百金存于大人处，俾随时可以使用，至要。若全存卿处，略有不妥，因大人之性情，心中有话，口里每每不肯说出，若欲用钱时，手内无钱，又不欲向卿取，则必生烦恼矣。望切依吾言为盼。卿此时且不必归宁，令十五兄云，拟迎卿至湖北。因我远在外国，大人遭此患难，决不可少承欢之人，吾全以此事奉托矣。卿之与我，非徒如寻常人之匹偶，实算道义肝胆之交，必能不负所托也。

我在此受彼国政府之保护，甚为优礼，饮食起居一切安便。张顺不避危难，随我东来，患难相依，亦义仆也。身边小事，有渠料理，方便如常，可告知两大人安心也。

1927年8月29日致孩子们（节选）

梁启超

孩子们：

一个多月没有写信，只怕把你们急坏了。

不写信的理由很简单，因为向来给你们的信总在晚上写的，今年热得要命，加以蚊子的群众运动比武汉民党还要利害，晚上不是在院子外头，就是在帐子里头，简直五六十晚没有挨着书桌子，自然没有写信的机会了。加以思永回来后，谅来他去信不少，我越发落得躲懒了。

关于忠忠学业的事情，我新近去过一封电，又思永有两封信详细商量，想早已收到。我的主张是叫他在威士康逊把政治学告一段落，再回到本国学陆军。因为美国决非学陆军之地，而且在军界活动，非在本国有些"同学系"的关系不可以，所以"打人学校"决不要进。至于国内何校最好，我在这一年内切实替你调查预备便是。

思成再留美一年，转学欧洲一年，然后归来最好。关于思成学业，我有点意见。思成所学太专门了，我愿意你趁毕业后一两年，分出点光阴多学些常识，尤其是文学或人文科学中之某部门，稍为多用点工夫。我怕你因所学太专门之故，把生活也弄成近于单调，太单调的生活，容易厌倦，厌倦即为苦恼，乃至堕落之根源。再者，一个人想要交友取益，或读书取益，也要方面稍多，才有接谈交换或开卷引进的机会。不独朋友而已，即如在家庭里头，像你有我这样一位爹爹，也属人生难逢的幸福。若你的学问兴味太过单调，将来也会和我相对词竭，不能领着我的教训，你全生活中本来应享的乐趣，也削减不少了。我是学问趣味方面极多的人，我之所以不能专精有成者在此，然而我的生活内容异常丰富，能够永久保持不厌不倦的精神，亦未始不在此。我每历若干时候，趣味转过新方面，便觉得像换个新生命，如朝旭升天，如新荷出水，我自觉这种生活是极可爱的，极有价值的。我虽不愿你们学我那泛滥无归的短处，但最少也想你们参采我那烂漫向荣的长处。这封信你们留着，也算我自作的小小像赞。我这两年来对于我的思成，不知何故常常像有异兆的感觉，怕他渐渐会走入孤峭冷僻一路去。我希望你回来见我时，还我一个三四年前活泼有春气的孩子，我就心满意足了。这种境界，固然关系人格修养之全部，但学业上之薰染陶镕，影响亦非小。因为我们做学问的人，学业便占却全生活之主要部分。学业内容之充实扩大，与生命内容之充实扩大成正比例。所以我想医你的病，或预防你的病，不能不注意及此。这些话许久要和你讲，因为你没有毕业以前，要注重你的专门，不愿你分心，现在机会到了，不能不慎重和你说。你看了这信，意见如何？徽音意思如何？无论校课如何忙迫，是必要回我一封稍长的信，令我安心。

……

爹爹 八月廿九日

两点钟了，不写了。

1919 年 12 月 2 日致梁思顺

梁启超

得十月廿一日禀，甚喜。总要在社会上常常尽力，才不愧为我之爱儿。人生在世，常要思报社会之恩，因自己地位做得一分是一分，便人人都有事可做了。吾在此做游记，已成六七万言，本拟再住三月，全书可以脱稿，乃振飞接家电，其夫人病重,本已久病,彼不忍舍我言归,故延至今。归思甚切。此间通法文最得力者,莫如振飞,彼若先行,我辈实大不便,只得一齐提前。现已定阳历正月廿二日船期,约阴历正月杪可到家矣。一来复后便往游德国,并及奥、匈、波兰,准阳历正月十五前返巴黎,即往马赛登舟,船在安南停泊一两日,但汝切勿来迎,费数日之程,挈带小孩,图十数点钟欢聚,甚无谓也。但望汝一年后必归耳。

父示娴儿。

十二月二日

1927 年 1 月 27 日致孩子们(节选)

梁启超

孩子们:

昨天正寄去一封长信,今日又接到(内夹成、永信)思顺十二月廿七日、思忠廿二日信。……

顺儿着急和愁闷是不对的,到没有办法时一卷起铺盖回国,现已打定这个主意,便可心安理得,凡着急愁闷无济于事者,便值不得急他愁他,我向来对于个人境遇都是如此看法。顺儿受我教育多年,何故临事反不得力,可见得是平日学问没有到家。你小时候虽然也跟着爹妈吃过点苦,但太小了,全然不懂。及到长大以来，境遇未免太顺。现在处这种困难境遇正是磨炼身心最好机会，在你全生涯中不容易碰着的，你要多谢上帝玉成的厚意，在这个档口做到"不改其乐"的功夫才不愧为爹爹最心爱的孩子哩。

……

忠忠的信很可爱，说的话很有见地，我在今日若还不理会政治，实是对不起国家，对不起自己的良心。不过出面打起旗帜，时机还早，只有密密预备便是。我现在担任这些事业，也靠着他可以多养活几个人才。内中固然有亲戚故旧，勉强招呼不以人才为标准者。近来多在学校演说，多接见学生，也是为此——虽然你娘娘为我的身子天天唠叨我，我还是要这样干。中国病太深了，症候天天变，每变一症，病深一度，将来能否在我们手上救活转来，真不敢说。但国家生命、民族生命总是永久的，比个人长的。我们总是做我们责任内的事，成效如何，自己能否看见，都不必管。

……

一月廿七日旧历十二月廿四日 爹爹